검찰청 망나니 1

초판 1쇄 2025년 8월 14일

지은이 네시십분 · **발행인** 김정수 · **고문** 이종주
발행처 데카미디어 · **출판등록** 2025년 4월 17일
주소 서울시 영등포구 당산로 214 · **E-mail** tradejjang0@gmail.com
유통·판매 관리 (주)행운사 · **Tel** (031)901-1137 · **FAX** (031)901-4140
E-mail luckybogo222@naver.com · luckybogo222@daum.net

ISBN 979-11-993499-4-0 (1권)
ISBN 979-11-993499-3-3 04810 (세트)

ⓒ 네시십분, 2025

이 책의 출판권은 저자와의 계약에 의해 ㈜KW북스에 있으며 ㈜KW북스와의 출간계약으로 데카미디어에서 출간되었습니다.
저작권법에 의하여 보호를 받는 저작물이므로 무단전재와 복제를 금합니다.

검찰청 망나니

네시십분 현대 판타지 장편소설 　1

차 례

CHAPTER 1	• 7
CHAPTER 2	• 67
CHAPTER 3	• 123
CHAPTER 4	• 179
CHAPTER 5	• 233

CHAPTER 1

"조동재 씨, 입사 첫 부임지가 미래전자였죠?"

서울중앙지검 반부패수사부 조사실.

조동재라 불리는 남자는 분위기를 풀려는 듯한 검사의 부드러운 목소리와 질문에도 여전히 시선을 바닥에 두고는 몸을 작게 떨고 있었다.

"첫 부임지가 미래전자 경영지원실이었던 걸 보면 역시 뛰어나신 분이었나 봅니다."

검사 현진우는 꽤 능숙하게 경직된 분위기를 풀어나가려는 듯했다.

"입사 5년 만에 미래 그룹 경영지원실장을 다셨고, 입사 8년 만에 미래 그룹 첫 C 레벨 직급을 다셨네요. CFO. 최고재무책임자가 되기엔 이른 나이에 파격적으로 고속 승진을 하셨습니다. 그룹 회장님께 이쁨을 많이 받으셨나 봅니다. 그럴 수밖에 없겠죠. 회장이 원하는 궂은일을 도맡아 하셨으니 말입니다."

진우는 여전히 아무 말도 하지 않는 조동재의 앞에 사진 두 장을 내밀었다.

자신 앞에 놓인 사진을 힐끗 바라본 조동재는 두 눈을 질끈 감았다.

"2026년 6월 19일, 강남 신사동의 대성요정에서 자유민주당의 당 대표 후보인 송백준을 만나는 자리에서 각 3천만 원이 담긴 음료 상자 10개를 송백준의 차 트렁크로 옮기라 비서 윤성락에게 지시한 적 있죠?"

"그런 적 없습니다."

"이 사진, 비서에게 직접 찍으라고 명령하신 적 없습니까?"

"……."

조동재는 진우의 물음에 아무런 대답도 할 수 없었다.

비서, 그 멍청한 놈이 뒤만 밟히지 않았어도, 아니, 멍청하게 카메라를 차에다가 보관하지만 않았어도 검찰은 증거가 없었을 테니까.

"조동재 씨의 비서, 윤성락의 증언에 따르면 송백준이 돈만 받아먹고 언제든 배신할 수 있으니 사진을 찍어 보관해 두라 했다는데, 지시한 적 없습니까?"

"어, 없습니다."

진우는 조동재가 부인하자 그의 앞 책상에 서류 더미를 던졌다.

"2026년 6월 19일 3억, 동년 동월 28일 7억. 당신이 송백준에게 넘긴 그 10억 원의 돈이 자유민주당 당 대표 경선으로 흘러 들어갔고! 당 대표에서 당선된 송백준은 미래 그룹 총수 차경환을 8월 15일 광복절 특사로 출소될 수 있도록 법무부를 움직여 대통령의 특별사면 권한에 관여했다! 맞습니까? 아닙니까!"

진우의 목소리가 점점 커지자 조동재는 두 눈을 꼭 감고 두 주먹을 꽉 쥐고는 이 상황을 피하려는 듯한 태도를 보였다.

"이게 다 당신이 비서에게 지시해 따로 기록해 두라던 장부에서 나온 거야. 그룹 총수 차경환의 지시가 있었습니까? 없었습니까?"

"어, 없었습니다. 제가 직접……."

진우는 피식 실소를 터뜨렸다.

"직접 판단하셨다고요? 아무리 최고재무책임자라고 하더라도 회사의 돈을 미국 지사로 송금하는 척 회계장부에 올리고 비자금을 조성한 것도 본인이 직접 했단 말입니까?"

"……."

"하하하, 미래 그룹 회장 차경환의 명령 없이는 단 한 푼도 조동재, 당신의 힘으로 움직일 수 없다는 것은 미래 그룹 신입사원도 아는 일 아닙니까? 회삿돈을 이용해 비자금을 만든 것도! 현 정권의 실세이자 차기 정권의 대통령이 될 것으로 보이는 송백준에게 10억 원을 넘긴 것도 모두 차경환의 지시로 있었던 일 아닙니까!"

진우는 떨고 있는 조동재를 몰아붙이기 시작했고, 조동재는 진우의 목소리가 높아져 갈 때마다 연신 몸을 떨었다.

"차경환의 지시 있었습니까? 없었습니까?"

진우는 다시 한번 조동재를 압박하기 시작했다.

"차경환의 지시가 있었습니까? 없었습니까!"

"벼, 변호사! 변호사를 불러주세요."

계속해서 조동재를 압박하던 찰나 조동재는 자신의 변호사를 불러달란 요구를 진우에게 해왔고, 진우는 크게 한숨을 내쉬며 조동재를 바라보았다.

지이이이잉-

조동재를 바라보며 한숨을 내쉬던 그때 진우의 주머니에 있는 휴대전화가 진동을 토해냈다.

진우는 휴대전화 화면에 뜬 메시지를 확인하고는 휴대전화를 냅다 집어 던졌다.

"변호사, 불러 드리겠습니다."

진우는 조동재를 향해 얘기하고는 진술실 밖으로 발걸음을 옮겼다.

"야, 현 부장! 너 돌았어? 영상 녹화가 돌아가고 있는데 그렇게 피의자를 다그치면 어떡해!"

"차장님! 변호사가 없을 때 좀 더 몰아붙였으면 조동재가 불었을 수도 있었습니다!"

"뭐? 이 새끼가!"

진우의 앞에서 고래고래 소리를 지르는 남자는 진우의 선배이자 서울중앙지검 3차장검사인 서필규였다.

"현진우, 너 이 새끼 자꾸 이럴래? 내가 뭐라고 했어? 내가 지검장 되면 네가 좋아하는 수사 맘껏 하게 해줄 테니까 그때까지만 조용히 있자고 했지? 내가 너 반부패1부 부장으로 앉힐 때 얘기했어? 안 했어? 너도 동의한 거 아니냐고!"

"선배님……."

"이럴 때만 선배냐? 너 그리고 조동재 비서는 어떻게 구워삶았어? 거래했냐?"

"아닙니다."

"거래를 하지 않았는데 장부며 카메라며 어떻게 윤성락한테 넘겨받았냐고!"

거래는 하지 않았다. 그저 미래 그룹 총수인 차경환이 어떤 인간인지 보여줬을 뿐이었다.

윤성락, 네가 차경환과 조동재의 죄를 다 뒤집어쓰게 생겼다고, 차경환의 뒤를 닦아주던 사람들의 최후를 보여줬다.

정말 그뿐이었다.

"그건 저도 모르겠습니다. 다만, 정말 거래는 하지 않았습니다."

진우의 말에 서필규는 한참 동안 아무런 말을 하지 않았다.

자신이 아는 후배 현진우는 피의자들과 구형량으로 거래를 하는 검사는 아니었으니까.

정권이 바뀌면 서울지검장으로 영전할 미래만 그리고 있었는데, 느닷없이 휘하에 있는 진우가 대한민국 1위 재벌 기업 총수와 차기 대권 후보를 한 큐에 묶어 수사하겠다고 하니 그의 입장도 난감했다.

두 사람이 그렇게 실랑이를 하고 있을 때 호출을 받은 조동재의 변호인이 진술실 안으로 들어갔고, 서필규는 진우를 바라보며 입을 열었다.

"지검장님 만나고 왔다."

서필규의 말에 진우는 놀란 표정으로 서필규를 바라보았다.

결국, 서필규는 진우의 든든한 지원자답게 언제나 그랬듯 수사를 진행하려고 결정한 것이다.

"지검장님은 이 일 모르는 일이다. 수사에 관해서도 우리한테 따로 보고받지 않겠다고 말씀하셨어. 지검장이 자기한테 따로 보고하지 말라는 이유, 뭔지 알지?"

"네."

진우는 지검장이 그렇게 말한 저의를 알고 있었다.

책임지기 싫다는 거겠지.

다음 대통령으로 당선될 게 뻔해 보이는 송백준, 그리고 미래 그룹 장학생 출신으로서 총수인 차경환을 자기 손으로 잡아들일 수는 없다는 얘기였다.

"으이구, 으이구! 화상아! 내가 너 언젠간 사고 칠 줄 알았다. 적당히 타협하고 그냥…… 어휴, 됐다."

진우는 서필규의 표정을 살폈는데, 뭔가 답답해 보이던 표정은 온데간데없이 확신을 가진 눈빛으로 진우를 바라보았다.

"너랑 나! 둘 모가지, 이 사건에 같이 달린 거야. 잘 처리해도 본전이야. 칭찬받을 생각 하지 마! 삐끗하는 순간, 둘 다 검사 옷 벗고 변호사 사무실 차려서 나가야 한다. 알지? 너랑 나 빼고 지검에 미래 그룹 장학생들 많은 거? 너희 부서에서 믿을 만한 놈들 몇 놈 데리고 수사하고! 그리고 사건에 대한 일체 보고는 오직 나한테만 한다. 네 새끼들 입단속 잘 시켜!"

모든 정황으로 보아 차경환이 이 사건의 정점에 있다고 판단한 서필규의 선택이었다.

이곳 서울중앙지검에서 핵심 특수부서 4개를 담당하는 제3차장검사가 가지는 영향력은 상당했다.

특수통이라 불리는 검사들을 총괄하는 자리였고 지검장

승진이 확정된 자리나 다름없었다.

지검장 승진을 앞두고 적을 만들지 않으려는 듯 이빨 빠진 호랑이처럼 허허, 실실거리던 요 몇 달간의 서필규의 모습은 온데간데없이 진우를 지지한다는 눈빛으로 바라보고 있었다.

"대답 좀 빠릿빠릿하게 해, 인마!"

"알겠습니다."

"어휴, 저런 걸 내가 어디서 주워 와서 반부패수사부 부장이라고 앉혀놨으니, 내 업보다. 업보야."

"저 초임 때부터 거두셨습니다."

"그러니까 내 업보라고! 빨리 들어가서 수사해."

진우는 서필규에게 깊이 고개 숙여 인사를 하고는 진술실로 들어갔다.

진술실로 들어서자 조동재와 그의 변호인은 얘기를 나누고 있었는데 진우가 들어오자마자 이야기를 멈췄다.

"얘기 나누시는 데 제가 방해했나 봅니다."

진우는 그들을 마주 보고 앉아 조동재를 살폈다.

아까 자신이 몰아붙일 때보다 더 몸을 바르르 떨고 있었고, 두 눈은 초점을 잃어가고 있었다.

"조동재 씨, 괜찮으……."

"의뢰인께서 화장실을 가시고 싶다고 하십니다."

진우가 입을 열자 조동재의 변호사는 진우의 말을 끊어

왔다.

"화장실 가는 것도 변호인을 통해서 말씀하셔야 합니까?"

조동재는 여전히 초점을 잃은 두 눈을 하고 몸을 파르르 떨고 있었고, 변호사는 진우를 노려보고 있었다.

"조동재 씨의 안색이 좋지 않은 것 같은데……."

"검사님, 저희 의뢰인께서 화장실을 가고 싶어 하십니다!"

"하…… 알겠습니다."

진우는 자리에서 일어나 진술실의 문을 열고는 수사관을 불렀다.

"김 계장님, 조동재 피의자 화장실로 좀 안내해 주세요."

진우의 명령을 받은 수사관이 들어와 조동재를 데리고 진술실 밖으로 떠났고, 진우는 잠시 생각을 정리하려는 듯 서류를 확인하고 있었다.

잠깐의 정적이 흐르고, 진우의 앞에 앉은 조동재의 변호사는 짐을 챙겨 일어나기 시작했다.

"아직 조사가 많이 남았는데 벌써 가시게요? 의뢰인이 혼자서 진술해도 신경 쓰지 않으시나 봅니다."

진우의 말에 상대는 피식 웃었다.

"글쎄요. 조사가 계속될 수 있을까요?"

"그게 무슨……."

그때였다. 별안간 조사실 문이 벌컥 열리고는 얼굴이 사색이 된 수사관이 진우를 향해 숨을 헐떡이며 입을 열었다.

"부, 부장님 조동재가……."

[오후 4시 21분께 서울중앙지검에서 조사를 받던 미래 그룹 최고재무관리자 조동재 사장이 중앙지검 11층 화장실에서 투신했습니다.

조 사장은 이날 조사를 받던 도중 화장실을 가고 싶다고 검사에게 요청했고, 검찰 수사관의 관리가 소홀한 틈을 타 화장실의 창문을 통해 투신한 것으로 알려졌습니다.

조동재 사장의 변호인과 유족은 검찰의 무리한 수사로 인해 조 사장이 압박감을 느꼈다고 자살 동기에 관해 경찰에 진술했으며, 담당 검사를 고소했습니다.

한편, 대검찰청은 반부패수사 1부 현모 부장검사와 제3차장 서필규 검사를 직무 배제하고, 특별감사팀을 꾸려 강압적인 조사가 있었는지에 대해 빠르게 조사하겠다고 입장을 밝혔습니다.]

"선배, 나 드디어 실마리 잡은 것 같아요. 나한테 조사를 못 할 거라고 말하던 그 변호사, 이번에 미래 그룹 법무팀 팀장 됐더라고, 그놈부터 제치고 쭉 타고 올라가면 될 것 같아."

2년 후, 진우는 서울로 향하는 차를 직접 운전하며 서필규와 통화를 하고 있었다.

-진우야, 그만 옷 벗고 내 사무실로 와라. 그래도 특수부 출신이라고 돈이 제법 벌려. 그리고 너 알잖아? 이 선배 인맥이 장난이 아닌 거.

"선배!"

-야, 인마! 귀 떨어진다. 너 한직으로 좌천되고 2년 악착같이 버텼으면 할 거 다 했다. 이젠 네 말 아무도 안 들어 줘.

조동재의 투신 이후 서필규는 책임을 지고 옷을 벗어 변호사 사무실을 차렸다.

진우는 지방으로 발령받았지만, 같이 사무실을 차리자던 서필규의 제안을 거절하고는 악착같이 버티며 혼자서 수사를 계속해 나가고 있었다.

-세상이 바뀌었다. 우리가 노리던 송백준은 대통령이 됐고, 지금 검찰은 대검, 고검, 중앙지검 할 것 없이 미래 그룹 장학생들이 고위직을 차지했어. 검찰은 이제 차경환의 사병들이나 다름없다. 이제 그쯤 하면 됐다.

"필규 형님! 이거 이대로 포기하면…… 그렇게 가버린 조동재도 그렇고, 억울하게 옷 벗은 형님을 나는 더 못 볼 것 같아요."

-야 인마, 그렇게 생각하지 말라니까! 너는 할 만큼 했어.

진우는 여전히 자신을 말려오는 서필규의 말에 작게 한숨을 내쉬고는 입을 열었다.

"총장이랑 약속 잡았습니다."

-뭐? 총장이 널 만나준대?

"네. 지금 서울 가는 중입니다. 총장한테 시원하게 다 말해보고 안 되면 이번에 포기하겠습니다."

진우가 그렇게 말하자 수화기 너머에서는 한참 동안 아무런 말이 들려오지 않았다.

-하…… 진우야 우명직 총장 미래 그룹 장학생인 거 너도 알잖아.

"압니다! 그러니까 마지막으로 들이받아 보고 깔끔하게 손 털게요."

-후…… 그래. 알았다. 비 엄청나게 오는데 운전 조심하고, 총장 만나고 사무실로 와. 밥이나 한 끼 하자.

"알겠어요."

진우는 서필규와 전화를 끊고 계속해서 운전하기 시작했다.

'변호사란 놈부터 타고 올라가면 될 것 같은데 총장을 어떻게 설득해야 한다…….'

진우는 계속해서 얼마 후 있을 총장과의 만남에 대해 생각을 했다.

그렇게 한참 운전을 해나갈 때 거치대 위에 둔 전화가 진동을 토해내기 시작했고, 진우는 핸들에 있는 통화 버튼을 눌렀다.

"네, 총장님. 현진우입니다."

검찰총장 우명직의 전화였는데, 총장은 아무런 말이 없었고 곧이어 전화가 끊어졌다.

"뭐지?"

진우는 고개를 갸웃하고는 다시 통화 버튼을 누르려는 순간 굉음에 놀라 정면을 바라보았다.

정면에서는 빗속에 균형을 잃은 덤프트럭 한 대가 엄청난 속도로 다가오기 시작했고, 진우의 기억은 거기까지였다.

"돌아왔다."

지난 일주일, 진우를 괴롭히던 고민에서 해방되는 순간이었다.

진우는 지난 일주일 동안 아무것도 하지 못했다.

아니, 정확히는 아무것도 하지 않았다. 그저 다시 눈을 뜬 순간부터 모든 기억을 정리하기 바빴으니까.

그러고서 내린 결론은 어찌 된 영문인진 모르겠지만, 자신이 검사로 임용되기 열흘 전으로 돌아왔다는 것이다.

"금동아, 내가 18년 전으로 돌아왔다고 하면 너는 믿겠냐?"

진우는 침대에서 벌떡 일어나 연신 자신의 발을 핥느라 정신이 팔린 동거묘 금동이에게 물었다.

지난 며칠간 오랜만에 본 금동이가 반가워 열심히 얼굴을 비벼댔지만, 금동이는 매일 보는 사이끼리 무슨 짓이냐는 듯 격렬하게 거부해 왔었다.

당연하게도 금동이는 진우의 물음엔 관심이 없다는 듯 한심하다는 눈초리로 진우를 힐끗 쳐다보고는 다시 자신의 발을 핥기 시작했다.

"그래, 내가 물어볼 사람한테…… 아니, 고양이한테 물어봐야지."

진우는 그렇게 혼자 푸념을 하고는 자리에서 벌떡 일어나 컴퓨터 앞으로 향했고, 지난 일주일간 정리한 것들이 담긴 문서를 열어 인쇄 버튼을 눌렀다.

인쇄 이후 파일은 깔끔하게 휴지통으로 옮긴 후 삭제 버튼을 눌렀다.

사실 진우에겐 이 파일도 필요 없었다. 모든 게 어제처럼 떠올랐으니까.

다만, 생각을 정리하는 데 필요했을 뿐이다. 잠시간의 기다림 이후 출력된 용지들을 들고 하나하나 벽에 테이프로 붙이기 시작했다.

"피라미드의 꼭대기엔 차경환."

피라미드 형식으로 용지를 붙여 나가던 진우는 까치발을 들고 제일 꼭대기에 차경환의 사진을 붙이고는 바로 밑에 송백준의 프로필과 사진이 담긴 용지를 붙였다.

"그날 총장은 왜 나에게 전화를 하고 아무런 말도 하지 않은 채 전화를 끊었을까?"

사고가 나기 전 우명직 총장은 전화를 걸고는 단 한마디도 하지 않았다.

진우는 그 점이 걸렸다.

하지만 딱히 떠오르는 것이 없어 계속해서 프로필을 붙여 나갔다.

송백준의 밑에는 미래 그룹 장학생인 검찰 고위직 선배들의 사진 또한 자리하고 있었다.

모든 정리가 끝나자 진우는 멀찍이 떨어져 한 손을 턱에 괴고는 자신이 붙여둔 인물들의 얼굴을 보며 생각을 정리하기 시작했다.

"아휴, 돌려보내 줄 거였으면 수석검사 시절로 돌려보내 줄 것이지 무슨 초임검사 시절로…… 하……."

진우는 수석검사 시절이었으면 조금 더 적극적으로 송백준과 차경환을 노리고 수사해 나갈 수 있을 거라 생각했다.

앞에 붙여둔 사진들을 보며 한참 생각을 정리하던 진우는 크게 한숨을 내쉬었다.

"하…… 이러다가 내가 미쳐 버릴 것 같다. 금동아."

언제 자신에게 다가온 것인지 다리에 대고 열심히 머리를 비벼대고 있던 금동이를 들어 올린 진우는 금동이의 머리를 쓰다듬으며 벽에 붙은 사진들을 바라보았다.

"금동아, 어떤 놈이 제일 나쁜 놈 같아 보이니?"

"미야앙-"

한참 그들의 면면을 바라보던 진우는 금동이를 침대 위에 내려두곤 펜을 들어 차경환의 사진에 크게 동그라미를 쳤다.

"모든 피라미드의 정점엔 미래 그룹 총수 차경환이 있다. 어쩌면 나와 서필규를 제외한 모두가 그의 편일 수도 있어."

자신이 돌아오기 전에도 미래 그룹의 장학생들이 검찰의 고위직을 야금야금 장악해 나가던 걸 진우는 떠올렸다.

"일단 초임검사의 몸으로 할 수 있는 건 없다. 적어도 내가 돌아오기 전 자리까진 올라가야 해. 아니, 그보다 더 높은 곳까지 올라가야 한다."

서울중앙지검의 반부패부 부장검사라는 타이틀도 자신을 지켜주지 못했다.

지검장 자리를 따놓은 차장검사 서필규도 결국 옷을 벗게 되지 않았던가.

이전 삶에서도 동기 중에서는 가장 앞서갔던 진우였지만,

거악 차경환을 잡기 위해 조금 더 빠르게 성장해야 했다.

그렇게 생각을 마친 진우는 발걸음을 화장실로 옮겼고, 정신을 차리려는 듯 세면대의 물을 차갑게 틀고 연거푸 세수했다.

지난 며칠간 진우는 많은 고민을 했다. '알고 있는 미래의 지식으로 다른 일을 해서 복수를 할까'와 같은 고민 말이다.

'내가 잘할 수 있는 건⋯⋯.'

하지만 진우는 새로운 도전을 하더라도 잘할 수 있는 틀 안에서 하고 싶었고 반평생 검사의 인생을 살아온 진우가 가장 잘할 수 있는 것도 그것뿐이었다.

생각을 정리한 진우는 거울을 뚫어져라 쳐다보며 결심이 선 듯 입을 열기 시작했다.

"어떻게 다시 얻은 기회인데 이번에도 나 혼자 날뛰어선 안 돼."

진우는 이전 삶과 같은 삶을 산다면 분명 결과도 다르지 않을 거라 생각했다.

"나를 지켜줄 내 편부터 확실하게 만들고 그들과 싸워야 한다."

진우는 자신을 지켜줄 수 있는 사람들을 만드는 것으로 시작해 스스로 자신을 지킬 수 있는 위치까지 올라가는 것만이 거악을 척결하는 방법이라 생각했다.

그렇게 생각을 마친 진우는 거울을 보며 씩 웃었다.
"내가 타고 올라갈 줄은 내가 만들어야지."

2010년 2월, 정부과천청사.

과천청사 정중앙에 있는 1동 건물은 여러모로 대중에겐 알려지지 않은 역사가 있는 건물이다.

아무래도 과천청사의 메인 건물이라는 인식이 강했기 때문에 여러 정부 부처들끼리 이 건물을 쟁취(?)하려는 싸움이 있었기 때문이다.

"여기도 오랜만이네."

정부과천청사 5동 법무부 청사 앞. 정장 차림의 진우는 오랜만에 보는 법무부 청사를 올려다보고 있었다.

"언제 1동에 다시 복귀하더라?"

과천청사가 처음 지어질 때부터 1동 건물은 법무부가 사용하고 있었다.

하지만 재경부와 기획예산처가 통합되어 기획재정부라는 대형 부처가 탄생하자 법무부는 그간 지켜왔던 1동 건물을 내줄 수밖에 없었고, 지금은 5동 건물을 사용하고 있었다.

법무부의 자존심에 상처가 났던 사건이었다.

진우는 오랜만에 느끼는 과거의 정취에 빠져 건물 여기 저기를 둘러보고 있었다.

"야, 현진우!"

그때 뒤에서 자신을 부르는 목소리가 들려와 진우는 목소리가 들려오는 방향으로 고개를 돌렸다.

"어…… 어!"

진우는 솔직하게 말해서 누구인지 기억나지 않았다. 아무래도 연수원 시절부터 동기들에게 관심도 없었고, 이후 검사 시절에도 동기 덕을 본 적도 없고, 또 진우도 그들과 자신은 다른 사람이라 생각해왔다.

"야, 오랜만이다. 연수원 졸업하고 나서 처음이니까 3년 만인가? 맞지?"

상대는 진우에게 다가와 손을 내밀었고, 진우는 반사적으로 상대와 손을 맞잡았다.

상대방의 가슴에는 명찰이 있었는데, 남경진이라는 이름이 적혀 있었다.

진우는 순간 빠르게 머리를 회전시키기 시작했다.

'남경진…… 남경진…….'

기억이 확 떠오르진 않았지만, 그런 연수원 동기가 있었던 것 같았다.

"그래. 3년 만이지. 남경진 너도 이번에 임용이야?"

진우는 뻔뻔스럽게 상대방에게 살가운 척 다가갔다. 아

무래도 이번 생에서는 이런 작은 만남조차 잘 대해야겠다는 생각에서였다.

"응. 너는 중앙지검?"

"어. 운 좋게도……."

"운이 좋기는. 다들 네가 검사 임용 신청한다고 했을 때 중앙지검은 네 몫이라고 생각했어."

신임검사의 첫 부임지는 연수원 성적에 따라 정해졌었다.

"너는 어디로 부임해?"

"나는 남부지검."

"너도 공부 열심히 하더니 나쁘지 않네."

진우는 여전히 상대방이 누구인지 자세히 기억나지 않았지만, 부임지가 서울남부지검이라면 상대방도 연수원 성적이 좋았을 거라 생각하고 대충 눈치껏 행동하고 있었다.

"남부지검은 일이 그렇게 많다는데 괜찮겠어?"

진우는 자못 걱정되는 척을 하며 상대와 대화를 이어나갔다.

"그렇지 않아도 선배들이 막 겁을 주더라고, 너도 알다시피 남부지검 관할이 좀 빡세잖아. 업무량이 엄청나다는데 그래서 걱정 중이야. 어디 그래봤자 중앙지검만 하겠냐?"

서울남부지검은 여의도 증권가를 관할구역으로 두고 있었기 때문에 업무량이 상당했다.

하지만 남경진의 말마따나 중앙지검의 업무량이 더하면

더했지 못하지는 않았다.

"나야 그냥 부딪치는 거지. 처음부터 잘하는 사람이 어디 있겠어?"

"뭐야, 현진우 너 이렇게 말 많은 놈인지 처음 알았네. 연수원 때 너 지나가면 동기들끼리 재수탱이 지나간…… 아! 미안."

순간 자신이 잘못 말했다는 것을 느낀 남경진은 입을 틀어막으며 진우의 눈치를 봤다.

"야야, 괜찮아. 나도 알아. 연수원 때 내가 재수 없게 행동한 거."

"그, 그렇지? 아닌 말로 우리는 네가 대단한 집 자식인 줄 알았어. 뭐라고 해야 하나? 우리를 깔보는 느낌?"

"하하, 그런 건 아닌데…… 그렇게 느꼈다면 미안하네."

"어쨌거나 네가 이렇게 말 많고 살가운 성격인 줄 알았으면 연수원 때부터 그러지 그랬냐? 어쨌거나 동기들이 다 도움이 될 텐데."

"그러게나 말이다. 그때부터 그럴 걸 그랬네. 법무관 생활하면서 느꼈어. 결국, 사람이 재산이라는 걸 말이야."

진우는 이전 삶에서 느낀 바를 남경진에게 말하고 있었다.

"야! 아직 안 늦었어. 지금이라도 네가 그렇게 느꼈으면 동기 모임 때 한번 나와. 내가 회장을 하고 있거든."

"동기 모임?"

"그래. 연수원 때부터 마음 맞는 동기들 40명이 모여서 모임을 만들었어. 너 페이스북이라고 알아?"

"페이스북?"

모를 리가 있나.

하지만 이 시기에는 페이스북이 생소한 플랫폼이었고 소셜미디어라는 단어조차 생경한 때였다.

"알지."

"그래? 의외네. 처음엔 싸이월드 클럽으로 만들까 했는데. 페이스북이 좀 더 편한 거 같아서 다들 거기서 얘기를 주고받거든."

"아…… 그래?"

진우는 이전 삶에서도 소셜미디어와 친한 사람은 아니었다. 그저 메신저 정도만 사용했기 때문에 걱정이 앞섰다.

"전화번호부터 좀 교환하자."

"어, 그래. 그래야지."

남경진의 요구로 진우는 자신의 전화번호를 알려주었고, 남경진의 전화번호 또한 저장했다.

"나중에 문자로 페북 아이디 보내."

"그래. 알았어."

두 사람은 그렇게 얘기를 주고받으며 신임검사 임관식이 열리는 법무부 대강당으로 향했다.

강당 입구에서는 참가자의 신분을 확인했는데, 진우는

오늘 임관식에서 신임검사들을 대표하여 선서하기로 되어 있었다.

새로 임용된 동기 중 진우의 연수원 성적이 제일 좋다 보니 가지는 특권 아닌 특권이었다.

진우를 포함한 신임검사들은 강당으로 들어섰다.

"너는 맨 앞자리지?"

다른 검사들은 딱히 자리가 정해져 있진 않았지만, 진우는 대표하여 선서하기로 되어 있었기 때문에 맨 앞줄의 자리로 지정받았다.

"그래. 나중에 보자."

"그래, 인마. 너도 이제 연락 자주 하고. 동기 좋다는 게 뭐냐?"

남경진의 말에 진우는 피식 웃음을 지으며 고개를 끄덕였다.

"그래. 알았어."

잠시 후, 행사 시각이 다가오자 신임검사 임관식이 시작되었고, 법무부 장관과 검찰총장이 직접 자리해 당부 말씀을 한 후 가족들이 자리해 법복 입혀주는 시간을 가졌다.

그리고 진우의 차례가 다가왔다.

"신임검사님들을 대표하여 서울중앙지검 현진우 신임검사님께서 검사 선서를 하시겠습니다."

사회자의 말이 있자 진우는 크게 한숨을 내쉬고는 단상

위로 올라가 마이크 앞에 서서 손을 들어 올렸다.

"검사 선! 서!"

"검사 선! 서!"

진우가 먼저 선창을 하자 다른 신임검사들도 손을 들어 올리고 선서를 따라 했다.

"나는 이 순간 국가와 국민의 부름을 받고 영광스러운 대한민국 검사의 직에 나섭니다."

진우는 우렁차게 선서문을 읽어 내려갔다.

"공익의 대표자로서 정의와 인권을 바로 세우고 범죄로부터 내 이웃과 공동체를 지키라는 막중한 사명을 부여받은 것입니다."

진우는 한 자씩 힘 있게 읽어 내려가며 마음을 다잡고 있었다.

"나는 불의의 어둠을 걷어내는 용기 있는 검사, 힘없고 소외된 사람들을 돌보는 따뜻한 검사, 오로지 진실만을 따라가는 공평한 검사, 스스로에게 더 엄격한 바른 검사로서, 처음부터 끝까지 혼신의 힘을 다해 국민을 섬기고 국가에 봉사할 것을 나의 명예를 걸고 굳게 다짐합니다. 2010년 2월 18일. 검사 현진우"

선서가 끝나자 진우는 선서문을 법무부 장관에게 건넸고, 잠시 후 임명장 전달식이 있었다.

법무부 장관은 활짝 미소를 지으며 진우에게 임명장을

건네주었다.

"선서 아주 힘 있고 마음이 전달되는 것 같아 좋았어요. 선서 내용대로 용기 있는 검사, 공평한 검사, 바른 검사가 될 수 있겠지요?"

법무부 장관은 진우와 손을 맞잡고는 그렇게 물었고, 진우는 웃으며 고개를 끄덕였다.

"네! 당연합니다. 그게 제가 검사가 된 이유니까요."

2010년 2월.

하루 전, 신임검사 임관식을 마친 진우는 자신의 초임지인 서울중앙지검 앞에 서 있었다.

"후······."

이전과 다른 방식으로 살겠다고 다짐했지만, '잘 해낼 수 있을까?'와 같은 고민이 지난 며칠 진우를 괴롭혀왔다.

"너무 오버는 하지 말고, 적당히 살갑게."

스스로에게 주문을 걸 듯 말을 내뱉은 진우는 발걸음을 옮기기 시작했다.

검색대를 지나 엘리베이터를 타고 5층에 내리자, 18년 전 그날과 똑같이 매우 피곤해 보이는 서필규가 자신을 맞아왔다.

"현진우?"

"네. 안녕하십니까."

진우의 목에 걸린 출입증을 본 것인지 서필규는 대뜸 진우의 이름을 불러왔고, 진우는 허리를 90도로 접어 서필규를 향해 인사했다.

진우는 서필규가 미칠 듯이 반가웠지만, 처음 보는 진우가 반갑다는 듯 아는 체를 하는 것이 말이 되지 않기 때문에 최대한 내색을 하지 않으려 노력했다.

"한국대 법학과 출신에 연수원 37기, 연수원 성적 39위에 법무관 생활 3년 했고……."

진우는 자신의 프로필을 읊어오는 서필규의 말에 고개를 들어 그를 바라보았다.

18년 전 기억이 새록새록 떠올랐다.

"초임지는?"

보통 초임검사였다면 당연히 서울중앙지검 형사7부라고 대답했겠지만, 진우는 서필규가 하는 말의 뜻을 알고 있었다.

진우는 서필규를 살짝 골려주어야겠다는 생각에 속으로 씩 웃으며 입을 열었다.

"선배님의 사무실입니다."

"아니…… 어? 뭐라고?"

"선배님의 사무실이 제 초임지입니다."

검찰청
망나니

서필규는 반사적으로 아니라고 대답하려다 진우의 입에서 자신이 말하려던 답이 나오자 놀란 듯한 표정으로 진우를 바라보았다.

잠시 놀란 표정을 짓던 서필규는 진우가 알아챌까 급히 표정을 가다듬고는 진우를 향해 입을 열었다.

"네 초임지가 내 사무실인 이유는?"

진우는 서필규가 물어오는 것의 답을 알고 있었지만, 서필규에게 어울려 줘야겠다고 마음먹었고 곤란한 표정을 지으며 뒤통수를 긁적였다.

"잘…… 모르겠습니다."

"하, 요 새끼 요거, 공부 잘하는 놈답게 어디서 주워들은 건 있어서. 뭐, 요즘 인터넷에 검사 지망생 커뮤니티 이런 거 생겼냐?"

서필규는 자신이 이겼다는 듯 진우를 갈구기 시작했고, 진우는 여전히 곤란한 표정을 짓고 있었다.

"네 독립 사무실이 생기기 전까지는 모든 걸 내 판단에 따르고, 내 방에서 생활한다. 수사 시작부터 사건 처리까지, 내 손을 거치지 않고! 네 자의적으로 판단하는 일은 없도록 한다. 그러니까, 너는 서필규 검사실 소속 검사라고 생각해라. 알았나?"

서필규는 마치 군 시절의 조교처럼 진우를 압박해 왔는데, 진우는 긴장한 표정을 지으며 서필규를 바라보았다.

"네, 알겠습니다."

"하하, 이제야 긴장한 표정을 짓네. 원래 같았으면 주성민 수석검사님께서 너를 맡아야 했지만, 수석검사님은 지금 아주 큰일을 처리 중이시기 때문에 내가 너를 맡았다."

서필규는 막내 검사가 온 것이 신이 난 듯 묻지도 않은 말을 떠벌리고 있었다.

"너는 운이 매우 좋은 초임검사다. 주 수석님 밑에서 일했으면 너는 반쯤 죽었을 테지만, 이 선배는 아주 너그러운 사람이기 때문이다."

서필규는 진우의 긴장한 표정에서 우쭐함을 느끼고는 웃으며 진우를 바라보았다.

"뭐, 어쨌든 축하한다. 이곳 서울중앙지검 형사7부에 배속되었다는 것은 네가 네 동기보다 열 발짝 앞서서 검사 생활을 시작한다는 것이나 다름없다. 공부 열심히 한 보답을 여기서 받는다고 생각해라."

여느 초임검사처럼 수사부서에 초임지를 배정받은 진우였지만, 서울중앙지검에 발령받았다는 것이 중요했다.

첫 부임지가 수도권, 그것도 서울중앙지방검찰청이라면 나름대로 검사 중에서도 난다 긴다 하는 선배들이 발령받은 곳이고 선배 줄을 잘 타면 앞으로 검사 생활이 편해질 것이었기 때문이다.

"우리 부서는 금융사기와 기업 비리를 전담으로 수사한

다. 수사 노하우는 차차 배워가면…… 왜 웃냐?"

"선배님이 반가워서요."

이전 삶에서 진우는 검사 조직 내부의 정치에는 젬병이었지만, 첫 선배검사를 서필규를 만났다는 것이 후에 검사 인생이 편해지는 계기가 되었었다.

진우로서는 조직 상부의 눈치를 보지 않고 수사를 하고 싶어 했고, 조직 내 높은 곳까지 올라가길 원하는 서필규로서는 일 잘하는 후배 검사 하나 있으면, 적당히 자신의 공으로 가져오기가 좋았기 때문이다.

서로의 이해가 맞아떨어지는 상황에서 서필규는 승진할 때마다 진우를 찾았고, 진우는 서필규가 가는 곳으로 발령 받으며 에이스 검사로서의 면모를 보여주었다.

"그래 인마, 나도 반갑다. 그런데 선배가 축하한다고 말을 했는데도 대답을 안 해?"

진우는 한참 과거를 떠올리다 서필규의 목소리가 들려오자 정신을 차리고는 고개를 숙였다.

"감사합니다."

"따라와. 부장님께 인사는 드려야지."

서필규는 앞장서 걷기 시작했고, 진우는 서필규를 따라나섰다.

"너희 기수가 그렇게 꼴통이 많다며?"

"네?"

"연수원 수석은 판사 임관 대신 정앤박으로 갔다며?"
"그런 것으로 알고 있습니다."
"정앤박에서 연봉을 꽤 불렀나 본데, 너는 그런 제의 없었냐?"

없었냐고? 그럴 리가.

사법연수원 수료 몇 주 전부터 어떻게 연락처를 알아낸 것인지 국내 상위권 로펌에서 진우를 향해 손길을 뻗어왔었고, 법무관 전역을 앞두고서는 부대까지 찾아와 수억의 연봉을 제의했었다.

로펌뿐 아니라 대기업에서도 사내 법무팀 변호사로 오라는 제의들을 했었다.

"있었습니다."
"그래, 없을 리가 없지. 근데 왜 안 갔냐? 아니, 법관 임용권인데 왜 검찰로 온 거냐?"

연수원의 같은 기수 졸업생 900여 명 중에 성적이 200등 안에 들면 법관 임용권이었고, 300등까지가 검사 임용권 수준으로 보고 있었다.

진우는 단 한 번도 검사 외의 직업은 생각해 본 적이 없었다.

그저 사법시험을 친 이유도, 연수원에 들어가 높은 성적을 받은 이유도 검사라는 직업에 매력을 느끼고 있었기 때문이다.

나름대로 검사란 직업에 프라이드도 가지고 있었다. 하지만 이런 답은 앞으로 다른 삶을 살기로 생각한 진우가 해야 할 답은 아니었다.

"멋있어서요."

"뭐가?"

"텔레비전에서 보면 검사들이 쭉 늘어서 있고, 그 사이를 지나가는 검찰총장의 모습이요. 어릴 때 우연히 본 그 장면에 매료되었습니다."

반쯤은 진우의 진심이었다.

수사 잘하고 범인 잘 잡으면, 검찰총장이 되어 모두가 우러러보는 위치까지 올라갈 수 있다고 생각한 적이 있었으니까. 그게 목표였던 적이 있었으니까.

진우의 말에 서필규는 뭐 이런 놈이 다 있냐는 듯한 눈빛으로 진우를 바라보았다.

"그러니까 검찰총장이 되고 싶다?"

"아니요, 절대 아닙니다. 언감생심 꿈도 꿔보지 않았습니다."

"그럼 뭐야? 그 장면에 매료되었다는 말의 뜻은?"

"조직 문화에 대해 말씀드린 겁니다. 검찰이란 조직이 가지고 있는 문화가 멋있었습니다."

진우의 답이 마음에 든다는 듯 서필규는 피식 웃고는 앞서 걸었고, 진우는 나름 괜찮은 답을 했다고 느끼고는 살짝 고개를 끄덕였다.

"시보 때는 누구 밑에 있었고?"

"이성모 검사님 밑에서 실무를 배웠습니다."

"이성모? 서부지검?"

"네."

"어우, 정의로운 검사 밑에서 배우셨네. 그래서 너도 막 정의 찾고 선배 검사 들이받고 그러겠다?"

"아닙니다. 잘 모시겠습니다."

진우가 연수원 시절 검사시보로 실무 실습을 나갔을 때 담당 검사 이성모는 조직 내에서 골칫덩이로 불렸는데, 수사를 막아오려는 그 어떤 시도조차 용납하지 않았기 때문이다.

그래도 실력은 조직 내에 탑을 달리는 검사였기 때문에 수도권 지역에서 근무했다.

다만, 본인의 승진 길은 요원해 보이는…… 그런 검사였다.

이전 삶에서 진우는 그런 이성모의 영향을 많이 받은 검사였지만, 서필규의 직속 후배 검사가 되며 그와는 다른 길을 걸었다.

잠시 후, 차장검사와 부장검사, 그리고 부부장검사 등 선배 검사들의 방을 돌며 인사를 마친 진우는 서필규의 사무실로 따라 들어왔고, 한편에 준비된 자신의 책상을 바라보았다.

오랜만에 보는 광경에 반가운 듯 진우가 웃고 있자 서필규는 진우를 보며 고개를 갸웃했다.

"야, 현진우."

"네. 선배님."

"너 일하러 온 거다. 즐겁다는 듯한 표정은 안 맞는 거 같은데."

"죄송합니다."

"아니, 뭐. 죄송하란 건 아니고. 최 계장님, 선아 씨."

서필규의 부름에 두 사람이 다가와 진우에게 인사를 건넸다.

"안녕하십니까? 최태섭입니다."

"안녕하세요? 실무관 오선아입니다."

수사관인 최태섭과 실무관 오선아와도 오랜만에 만나 기분이 좋은 듯 싱긋 웃으며 인사한 진우는 서필규에게 안내받은 자신의 자리에 앉았다.

실무관인 오선아가 이미 정리해 둔 것인지 책상 위는 컴퓨터와 전화기, 그리고 필기구와 인주 등이 말끔하게 정리되어 있었다.

진우는 자리에 앉아 가방에서 몇 가지 물품들을 꺼내 정리하기 시작했다.

한참 책상 정리를 하는 진우의 귀에 무언가 수레를 끄는 소리가 들려왔고, 드디어 올 것이 왔다고 느낀 진우는 고개를 들어 올렸다.

"내 앞으로 배당된 사건이다. 오늘부터 내 사건이 곧 네 사건이라는 거 명심하고, 최 계장님 도와주세요."

최 계장은 엄청난 서류 더미를 차곡차곡 진우의 책상 위에 쌓아 올리기 시작했다.

서필규는 음흉한 웃음을 지으며 진우를 바라보았는데 전혀 당황하지 않았다는 표정으로 쌓아져 올라가는 서류를 바라보고 있었다.

"너 보고 처리하라는 건…… 아니고, 어차피 이 선배가 다른 사건을 처리하는 와중에 노는 수사기록이니 한번 보라는 거다. 알겠어?"

"네. 알겠습니다."

"그리고, 수사기록에 대한 네 생각도 한번 적어보고, 그래야 네가 어떤 수준인지 나도 알 거 아니냐."

진우는 서필규를 향해 말 대신 미소로 대답했다.

'2회차 검사의 일 처리. 보여 드리겠습니다.'

사흘 후, 진우는 아침 일찍부터 사무실에 출근해 전날 넘겨받은 사건들을 처리해 나가고 있었다.

"어머, 현 검사님 또 벌써 나오셨어요?"

늘 사무실에 제일 먼저 출근하는 실무관 오선아는 진우의 모습을 보고 놀란 표정을 지었다.

"실무관님, 어서 오세요."

"그냥 선아 씨라고 하셔도 된다니까요."

오선아의 말에 진우는 싱긋 웃음으로 답을 했다.

"너무 무리하시는 거 아니에요? 제가 이런 말을 드릴 위치는 아니지만…… 검사님들의 업무량이 장난이 아니잖아요. 처음부터 이렇게 달리시면 나중에 힘드시지 않겠어요?"

"걱정해 주셔서 고맙습니다. 법무관 시절에 버릇을 들여서 그런지 일을 하는 게 힘들지 않습니다. 걱정해 주셔서 고마워요."

오선아는 진우의 말이 잘 이해가 가지 않았다. 일하는 것이 즐거운 사람이 있다는 게 신기했다.

그렇게 서필규 검사실의 하루는 또 시작되고 있었고, 방의 주인인 서필규가 사무실로 나오자 최태섭과 오선아는 자리에서 일어나 고개를 숙였다.

"검사님 오셨어요?"

"예예, 선아 씨, 최 계장님 굿모닝입니……"

서필규는 반사적으로 검사실 식구들과 인사를 하다, 방 한편에 서서 자신을 향해 인사해 오는 진우와 눈이 마주쳤다.

"너, 오늘도 일곱 시 출근?"

"네."

"하…… 현 검사, 네가 그렇게 열심히 한다고 해서 말이다. 빠르게 승진을 할 수 있는 조직이 아니에요. 여기가."

서필규는 자신의 자리로 가 재킷을 벗고 옷걸이에 걸며 진우를 바라보았다.

"그리고 말이야. 네가 파악한 수사기록들 전부 이 선배가 다시 봐야 한다고, 어차피 내가 다른 사건을 처리하는 도중이라 한번 보라고 던져준 건데 그렇게 열심히 하면 내가 엎어버리기가 미안하잖냐. 몇 개나 봤어?"

"세 건 처리했습니다……."

"이것 봐라? 내가 너한테 자료를 넘긴 지 이제 사흘 됐는데 하루에 한 편씩 처리했다고?"

서필규는 보나 마나 날림으로 봤을 거라고 판단하고는 진우를 향해 입을 열었다.

"처리한 세 건, 이리 가져와 봐."

진우는 서필규의 말에 따로 쌓아둔 수사기록 서류들을 들고 서필규의 자리로 다가갔다.

진우가 서류를 건네자 서필규는 수사기록을 검토하기 시작했는데, 진우는 멀뚱히 서서 그런 서필규의 모습을 지켜보고 있었다.

한참 수사기록을 확인하던 서필규는 아리송한 듯 고개를 갸우뚱하고는 다음 수사기록을 확인하기 시작했다.

"야, 현 검사."

"네. 선배님."

"이거 이미 경찰이 기소 의견으로 올렸는데 추가조사 지휘했으면 좋겠다고 한 거 왜 그랬는지 좀 들어보자."

서필규가 말하는 사건의 수사기록은 전세보증금 사기와 대출 사기가 같이 엮인 건이었는데, 정황증거가 너무 뚜렷해 경찰에서는 피의자 기소 의견으로 올린 사건이었다.

"피의자의 행태가 사기범과는 거리가 멀어 보여서 말입니다."

서필규는 얘기해 보라는 듯 가만히 진우를 바라보았다.

"5억 원가량을 편취한 피의자가 두 달 뒤에 그걸 다 탕진하고 피시방에서, 그것도 무전취식으로 검거되어 여죄가 밝혀졌다는 것이 수상합니다. 5억 원이라는 돈이 적은 돈도 아닌데 말입니다."

"도박이나 유흥으로 다 날렸을 수도 있지 않냐?"

"그렇다면 그런 부분에 대한 보강 자료들이 있었어야 합니다. 경찰에서 넘어온 수사기록에는 그런 것이 보이지 않습니다."

"그리고?"

"수법이 노숙인 명의를 빌려와 대출 사기를 저지르는 방법과 유사합니다. 연수원에서 배운 적이 있습니다. 노숙인의 명의를 사들여 그 명의로 집을 산 다음 대출도 받고, 여러 명의 피해자에게 전세보증금을 속여 뺏은 것까지 모든 게 유사합니다."

서필규는 헛웃음을 뱉었다.

"제가 틀린 걸까요?"

"아니야. 내가 봐도 네 생각과 똑같다. 아마 내가 봤어도 다르지 않았을 거야."

서필규는 서류를 덮으며 진우를 바라보았다.

"세 건의 수사기록 모두 너와 나의 의견이 비슷…… 아니, 일치한다. 너 뭐 하던 놈이냐?"

"연수원 때와 시보 때 배운 그대로 했을 뿐입니다."

"야, 누구는 시보 안 해봤냐? 겨우 2개월 동안 경찰에서 송치된 20건을 처리하는 시보 경험을 했다고 이렇게 잘할 수 있냐? 이성모 검사가 그렇게 잘 가르치냐?"

진우는 아무런 대답을 하지 않고 말을 아꼈다.

"조금 더 검토해 봐야겠지만, 잘했어. 자리로 돌아가서 남은 수사기록들 검토해 봐."

"네. 알겠습니다. 감사합니다."

"감사는…… 내가 더 고맙다. 인마."

서필규는 자리로 돌아가는 진우의 뒷모습을 신기하다는 듯 바라보았다.

✱

 일주일 후, 서울중앙지검.

 아침부터 출근하는 검사들의 표정은 울상이었는데, 그도 그럴 것이 정시 퇴근은 요원한 직업이었고, 새벽에 퇴근하기 부지기수였지만 출근 시간은 8시 30분으로 고정되어 있었다.

 오늘도 출근 시간에 맞춰 출근 중인 형사7부 소속 서필규는 요 며칠 유난히 출근 시간이 개운했는데, 죽상을 하고 출근하는 동료 검사들의 표정이 며칠 전 자신의 모습이었다고 생각하며 걷고 있었다.

 "서 프로."

 "어, 똥 검."

 "내 이름 변형수다. 똑바로 불러줘."

 "그래! 똥 검!"

 연수원 동기인 검사가 알은체하며 인사해 오자 서필규는 반갑다는 듯 웃으며 장난을 쳤다.

 상대는 서필규의 농담에 대꾸할 힘도 없다는 듯 옆으로 와 서필규의 어깨에 자신의 몸을 기댔다.

 "힘들어 보이네. 어우, 얼굴에 버짐 핀 거 봐라."

 "말도 마, 어제 빨간 점 세 개 떴다."

 사건이 접수된 지 3개월이 지나면 내부 전산 장부에 빨간색으로 점이 표시되었고, 상관뿐만 아니라 고소, 고발인이 언제 사건이 처리되냐며 연락을 퍼붓곤 했다.

한 사람당 배당된 사건들이 너무 많다 보니 일어나는 일이었는데, 전산에 빨간색 점이 뜰 때마다 검사들은 사건 처리에 대한 압박감을 느끼곤 했다.

그러다 보니, 날림으로 수사 처리가 된 적도 있었고, 그에 따른 책임도 온전히 담당 검사가 져야 했다.

"옆 방으로 좀 넘기지 그래?"

"옆 방은 나보다 더 심해. 거긴 퇴근도 못 하고 있어. 너는 어떠냐? 얼굴 좋아 보인다?"

"뭐, 나는 요즘 일이 좀 편하네."

"편하다고? 너 초임 하나 맡았다며?"

동기는 서필규를 향해 진우에 관해 물었고, 서필규는 마침 잘 됐다는 듯 동기를 향해 입을 열었다.

"야, 똥 검. 너도 초임 하나 맡은 적 있지? 그때 어땠냐?"

"어땠기는 처음에는 버벅거리면서 일도 제대로 못 하길래, 저거 시보를 누구 밑에서 했길래 일을 저렇게 배웠냐는 생각이 들 때쯤 적응하더라고. 근데 적응하고 나니까 대가리가 굵어서 제 혼자 판단하고 나한테 가져오는데 또 보면 다 틀렸어요. 진짜 초임 가르치느라 일이 두 배로 늘어나니까 죽이고 싶더라니까?"

"그렇지?"

요 며칠 동기들에게 물어본 초임검사들의 모습은 하나같이 저런 모습을 하고 있었다.

"왜? 너는 어떤데?"

"아니, 뭐 가르칠 게 없어. 정확하게는 하나만 가르치면 열 개를 혼자서 알아서 해. 스펀지같이 흡수한다는 말도 걔한테 대놓으면 아무것도 아니야."

"그게 무슨 말이야?"

검사들은 도제 시스템으로 돌아갔는데, 초임검사는 일정 기간 각종 수사 기법이나 여러 가지 노하우를 선배 검사에게 배운 다음 독립 사무실이 생기는 구조였다.

"아니, 내가 수사하고 서류 처리하는 방식이랑 너무 똑같이 처리하니까, 정말로 더 가르칠 게 없어. 요즘은 판단하는 것도 나랑 똑같으니까, 마치 내가 두 명이 있는 거 같은 그런 착각을 느낀다."

"하…… 서필규. 인복이 터지는구나."

동기 검사는 그런 서필규를 향해 크게 한숨을 내쉬며 부러운 감정을 숨기지 않았다.

"선배 검사 주성민은 수사부서의 에이스야, 자리 잡고 후배 하나 들어왔더니 일 처리 잘해. 너는 진짜 검사 인생에서 운이 9할이다."

마치 자신에게 운이 전부라는 듯이 말해오는 동기의 말에도 서필규는 기분이 나쁘지 않았는데, 지금 이렇게 말하며 떠올리는 초임검사 진우가 너무 이뻐 죽을 것 같았다.

"그래서 요즘 얼굴이 그렇게 좋은 거냐?"

"그렇지. 내가 두 명 있으면 일 처리 속도도 두 배고…… 거기에 우리 계장님이 좀 에이스냐…… 세 명이 일 처리하다 보니 요즘 오후 7시면 퇴근한다."

"하…… 너랑 얘기 그만해야겠다. 슬슬 배가 아파지네. 먼저 들어간다."

"누가 똥 검 아니랄까 봐."

그렇게 말하고는 잰걸음으로 먼저 올라간 동기를 보며 피식 웃음을 짓고는 자신도 빠른 걸음으로 사무실로 향했다.

사무실로 들어서자 최태섭과 오선아, 그리고 진우가 자신을 맞아왔는데 오늘 아침 동기의 주접에 기분이 좋아진 서필규는 재킷을 벗어 옷걸이에 걸고는 진우를 바라보았다.

"야, 현 검사. 이리 와봐."

서필규의 부름에 진우는 하던 일을 모두 내려놓고는 서필규를 향해 다가갔는데, 뭐든 움직임이 빠릿빠릿한 진우의 모습이 마음에 드는지 서필규의 얼굴에서는 연신 웃음이 떠날 줄 몰랐다.

하나가 이뻐 보이면 다 이뻐 보인다고 진우의 행동 하나하나가 마음에 쏙 들어왔다.

"의자 가지고 와서, 여기 앉아봐."

서필규의 말에 진우는 피의자들이나 참고인이 앉는 의

자를 가져와 앉았다.

"지금부터 이 선배님이 선배들한테 이쁨받는 법을 전수하려고 한다."

서필규는 한껏 올라간 어깨와 우쭐한 말투로 진우를 향해 말을 쏟아내기 시작했다.

"잘 들어. 한 번만 얘기한다. 원래 한 달 정도 지나야 얘기해 주는 건데, 오늘부터 네가 해. 밥 총무라고 들어봤냐?"

"밥…… 총무요?"

진우는 서필규의 말이 무슨 뜻인지 알고 있었지만 모른다는 듯 망설이며 말했고, 그런 진우의 모습에 서필규는 우쭐대며 이야기를 마저 이어나갔다.

"밥 총무란 말이야. 부장검사님이나 선배 검사님들을 모시고 식사해야 할 일이 생기면, 메뉴를 고르고 예약하는 당번을 얘기하는 거야."

"그렇습니까?"

"그래. 하나를 보면 열을 안다고, 누군가는 해야 할 역할을 이제 막내들한테 시키면서 선배들 모시는 의전도 배우고, 메뉴 고르는 거 보면서 '아, 저놈 일 참 잘하겠구나' 하고 선배들은 느끼신다고."

어찌 보면 개소리 같았지만, 검찰 내부의 유구한 전통이었다.

아니, 검사뿐 아니라 법관들도 마찬가지였다.

진우가 돌아오기 전에는 어떤 한 용감한 신임 검사가 법무부 장관에게 편지를 보내 밥 총무를 없애달라는 민원을 했고, 그로 인해 밥 총무라는 개념이 점점 옅어졌었다.

신임 검사가 느끼는 부조리 중 하나였는데, 선배 검사가 메뉴를 딱 말해오면 좋으련만 그런 것도 아니었다.

그저 선배 검사가 전날 술을 많이 마셨다고 말해오면, 지검 주변 맛집 리스트를 검색해 해장에 좋은 메뉴를 골라야 했다.

"자, 내가 뭐라고 했지? 한 번만 얘기할 테니까 잘 들으라고 했지? 그럼 현 검은 지금 뭐 해야겠어?"

서필규의 물음에 진우는 빠른 걸음으로 자신의 자리로 다가가 메모지와 볼펜을 가져왔다.

"말 한번 진짜 찰떡같이 잘도 알아듣네."

서필규는 기분이 좋은 듯 연신 웃으며 진우를 향해 입을 열기 시작했다.

"우리 부장검사님은 끈적한 거 싫어하신다. 이 말인즉슨 허연 국물의 국밥류는 안 드신다는 거야. 곰탕이 당긴다고 말씀하시면 무조건 맑은 국물. 그 왜 고기로 우려낸 육수 알지?"

"네. 알고 있습니다."

"좋아, 부부장검사님은 매운 걸 못 드셔. 땀이 좀 많은 체질이신데 매운 걸 드시면 그냥 수도꼭지 열리듯 땀을 흘리시거든. 그걸 매우 싫어하신다. 근데 또 칼칼한 건 좋아하신다."

"두 가지의 차이가 있습니까?"

"있지. 매운 것과 칼칼한 것의 차이! 그 오묘한 차이를 찾는 것이 너의 임무다."

"네. 알겠습니다."

진우는 마치 대단한 것을 얘기해 준다는 듯 우쭐거리며 말해오는 서필규의 말을 모두 메모하고 있었다.

그렇게 모든 선배 검사들의 취향을 알게 된 진우에게 서필규는 골려주고 싶다는 듯한 표정으로 입을 열기 시작했다.

"자, 그러면 여기서 오늘 네가 해야 할 일을 알려주겠다. 오늘 부부장검사님께서 픽하신 메뉴는 고기였어. 불에 굽든, 물에 적신 고기든 상관없이 고기. 근데 문제는 어제 우리 주 수석 검사님께서 술을 많이 드셨네. 그럼 해장도 하셔야겠지? 자, 모든 힌트를 다 줬으니까 메뉴 한번 골라봐! 참, 한 가지 더. 메뉴는 통일이야. 그리고 이거 받아. 미리 거둬둔 식비 봉투다."

서필규의 말에 진우는 자리에서 일어나 허리를 90도로 접어 인사를 했다.

"말씀해 주신 힌트가 엄청나게 도움 될 것 같습니다. 정말 감사합니다."

진우의 행동에 서필규는 뭐가 그리 마음에 드는지 연신

고개를 끄덕이다 빨리 네 자리로 돌아가라는 듯 손짓을 했고, 진우는 자신의 자리로 돌아와 속으로 피식 웃음을 지었다.

'2회차 검사가 메뉴도 못 골라서야 되겠습니까. 선배님.'

진우는 속으로 그렇게 생각하며 식당을 예약하기 위해 전화기를 들어 올렸다.

중앙지검이 위치한 서울 서초구 주변 식당에는 점심시간을 맞아 주변 빌딩에서 쏟아져 나온 회사원들과 변호사, 법조인들이 가득 들어차 있었다.

"오늘 메뉴 누가 골랐어? 서 프로, 네가 골랐어?"

부부장검사 윤철주의 물음에 서필규는 살살거리는 표정으로 입을 열기 시작했다.

"아닙니다. 우리 막둥이가 골랐습니다."

서필규의 말에 부부장검사를 포함한 선배 검사들은 놀란 표정을 지었는데, 그도 그럴 것이 아직 업무 파악도 안 된 초임검사에게 밥 총무를 시키는 일은 없었기 때문이다.

"서 프로, 너 하기 싫다고 초임에게 미루고······."

"아닙니다. 부부장님. 그런 게 아니라 현 검사, 저 친구 벌써 업무 파악 끝났습니다."

서필규의 말에 윤철주는 다시 한번 놀란 표정을 지었다.

"확실해? 초임지 발령받은 지 이제 일주일 지나지 않았나?"

"네. 그런데 일을 정말 잘합니다. 귀신 같아요. 연수원 성적이 높다더니 다르긴 한가 봅니다. 검사 하기 위해 태어난 놈 같습니다. 하나를 가르치면 귀신같이 흡수합니다. 그러면서도 자기 혼자 판단하는 일 없이 제 말도 잘 듣고요. 아주 수월한 친구입니다."

"그래?"

부부장검사 윤철주는 서필규의 말에 말석에 앉아 있는 진우를 힐끗 바라보았는데, 서필규의 말을 들은 다음이라 그런지 이전과는 다른 모습으로 진우를 머릿속에 각인하기 시작했다.

잠시 후, 진우가 예약해 둔 메뉴가 한 사람, 한 사람 앞에 놓이자 부부장검사 윤철주는 마음에 든다는 듯 고개를 끄덕였다.

"이야, 뚝불인가? 오늘 말이야, 날도 춥고 해서 고기와 국을 좀 같이 먹고 싶었는데. 뚝배기 불고기 나쁘진 않지."

윤철주는 진우의 메뉴 선택이 마음에 든다는 듯 말하며 숟가락을 들어 올렸고, 윤철주가 식사를 시작하자 모든 검사가 식사하기 시작했다.

진우는 식사하는 선배 검사들의 면면을 힐끔 바라보며

눈치를 살폈다.

특히 서필규가 말한 어제 음주를 했다던 주성민의 모습을 살폈는데 마치 그릇으로 빨려 들어갈 듯 연신 국물을 퍼먹고 있었다.

'이 정도면 괜찮은 반응인 것 같은데…….'

진우는 이러나저러나 밥을 다 먹고 선배들이 내리는 평가가 좋길 바라며 식사를 마쳤다.

모두 식사를 마치고 윤철주가 옷을 챙겨 자리에서 일어나자 진우는 먼저 발걸음을 옮겨 미리 걷은 돈으로 계산을 하고 있었다.

계산대 옆에 비치된 자판기에서 커피를 뽑던 윤철주는 진우를 향해 입을 열었다.

"막내야, 잘 먹었다. 이 집 맛있네. 리스트 올려놓고 한 달에 한 번은 이 집으로 잡아."

"네. 알겠습니다."

진우는 윤철주의 말이 칭찬인 것을 알고 있었다.

기분이 썩 나쁘지 않은 듯 진우는 계산을 마치고 영수증을 챙기고 있었는데, 누군가가 자신의 어깨를 툭 치고 가는 것을 느낀 진우는 고개를 돌려 옆을 바라보았고, 주성민이 지나갔다.

"잘 먹었다."

주성민 또한 진우를 칭찬하며 식당 밖으로 나가자 서필

규는 진우 옆으로 다가와 어깨동무하며 입을 열었다.

"현 검, 고맙다······. 이 선배가 네 덕분에 말이야? 일에 치인 것도 탈출하고, 밥 당번에서도 탈출했다. 수고했어!"

서필규도 그렇게 진우를 칭찬하고는 식당 밖으로 나가 버렸고, 진우는 피식 웃음을 지었다.

누가 보면 저것이 칭찬받을 일인가 싶겠지만, 말석 업무는 사건보다 밥 총무 실적이라는 말을 할 정도로 막내 검사의 메뉴 선택에 엄격한 게 현실이었다.

막내만 느낄 수 있는 일종의 조직 생활의 비애였다.

어찌 되었든, 이렇게 한고비를 넘긴 진우는 나름 서울중앙지검 형사7부의 데뷔전이 나쁘지 않은 성적으로 끝이나 만족스러운 듯 웃으며 식당을 나섰다.

2010년 4월.

일주일 후, 진우는 아침부터 부장검사실에서 열리는 회의에 참석하고 있었다.

물론 말석에 앉은 수습 검사 진우는 발언권도 없었고, 배당받는 사건도 없었지만, 형사7부 소속의 검사였기 때문에 회의 참석은 필수였다.

"우리 현 검사는 출신이 어디고?"

출근 첫날 인사를 한 후 진우에게 관심이 없는 듯 행동해 오던 부장검사 김용환은 대뜸 출신을 물어왔다.

서필규는 진우가 혹시 대답을 잘하지 못할까 봐, 작게 입 모양으로 '고향, 대학'이라고 친절하게 알려왔다.

"고향은 대구입니다. 대학은 한국대학교 졸업했습니다."

부장검사는 진우의 고향이 어딘지, 출신 대학이 어딘지 분명 알고 있었을 것이다.

진우가 부임할 때 인사 서류를 안 봤을 리가 없을 진데 저리 물어오는 이유는 간단했다.

그저 자신이 이미 진우에 대해 알고 있는 척을 하면 진우가 건방져질 거라 생각하는…… 그런 높은 양반들의 심리였다.

나는 너에게 관심이 없지만, 네가 회의에 참석했으니 너에게도 물어보겠다. 그런 심리.

진우의 답이 마음에 든다는 듯 김용환은 웃으며 고개를 끄덕였다.

"맞나? 내하고 여기 주 수석하고, 서필규가 한국대 출신이다. 알제?"

진우는 알고 있었다.

대한민국에서 가장 수재들만 모아놓았다는 한국대학교 출신이라는 이유 하나만으로, 자신들과 같은 학교 출신이라는 이유 오직 그거 하나만으로.

말도 듣지 않고 튀는 행동을 해오는 진우를 이끌어 주던 선배들이었으니까.

"그래? 대구 출신이면 고등학교는 어데 나왔는데?"

"경북고 출신입니다."

"아이고야. 인마, 이거 내 완전 직속 후배네."

"제가 입학할 때부터는 뺑뺑이라……."

"그런 건 신경 쓰지 말그래이. 공부 열심히 해가 한국대 법대 졸업하고 검사 타이틀 달았으면, 할 거 다 한 거 아이가? 서 프로, 안 그렇나?"

"네. 맞습니다. 부장님."

진우가 졸업한 고등학교는 지역에서 명문 고등학교였지만, 고교 평준화 이후에 입학한 후배들을 후배 취급도 하지 않는 것이 시험을 쳐서 들어간 선배들의 마인드였다.

하지만 부장검사는 검사가 된 진우는 자신들의 이너서클에 낄 자격이 된다는 듯 말해왔다.

이전 삶에서 진우는 김용환의 저런 마인드가 역겨워 거리를 멀리했었지만, 이제는 저런 행동에도 익숙해져야 했기 때문에 자리에서 벌떡 일어나 고개를 숙였다.

날 때부터 정해져 버린, 내가 정할 수 없는 고향마저 이 세계에서는 아주 중요한 문제였다.

"잘 부탁드리겠습니다."

"그래, 현 검사. 너 고등학교 동문회 나가봤나?"

"아직입니다."

"그래? 그러면 올해 말에 열리는 동문회는 니가 내 수행해라. 네 인생에 도움 될 선배들을 좀 소개해 줄 테니까. 알았나?"

"알겠습니다. 감사합니다."

진우는 다시 한번 고개를 깊이 숙여 감사하다는 인사를 했고, 부장검사 김용환은 그런 진우의 모습이 마음에 드는 것인지 연신 껄껄거리는 웃음을 멈추지 못했다.

서울중앙지검의 부장검사 자리는 다음 차장검사 승진이 확정된 자리였기 때문에 진우로서도 김용환과의 연결고리를 적극적으로 이용한다면 괜찮은 기회가 있을 터였다.

"자, 보자. 주 프로는 아직 일이 남았으니까 제외하고. 서 프로, 니가 주 프로 사건까지 처리할 수 있제?"

부장검사는 직접 수사하기보다는 검사들에게 사건을 분배하고, 사건 처리를 결재하는 일을 하는 직위였다.

"네. 주성민 검사님 몫도 다 제가 하겠습니다."

서필규는 씩 웃으며 김용환의 말에 대답했다.

"뭐고? 해가 서쪽에서 뜰라 카나. 요즘 서 프로, 일 처리도 빠르고 일도 많이 하고. 무슨 일인데?"

"요즘 들어 수사가 재미있다고 하면 믿어주시겠습니까?"

"헛소리하지 말고. 요즘 결재하다 보면 서필규 처리 건이 제일 많던데. 마감도 안 늦고."

"저기 앉은 현 검사와 합이 잘 맞습니다."

"현 검사랑?"

"예. 현 검사가 일차적으로 보고, 제가 최종으로 판단하는 방식으로 사건을 처리하다 보니 꽤 빠르게 진행되는 터라······."

"그라면 그렇지. 서 프로, 네 후배한테 짬 때리고 그라면 안돼."

"어휴, 부장님! 짬 때리다니요."

"이제 막 초임이 뭘 안다고 자한테 일을 시키는데?"

"그게 말입니다, 부장님. 현 검사가 일을 진짜 잘합니다. 아니, 제가 처리하는 방식이랑 일 처리를 똑같이 하다 보니······."

서필규가 필사적으로 변명을 하며 진우를 칭찬하자 부장검사 김용환은 의외라는 눈빛으로 진우를 바라보았다.

"그래? 뭐, 어쨌거나 니가 교육하라고 던져 줬으니까 니 판단에 맡기긴 하는데, 사고 나면 안 된다 알제?"

"넵! 알겠습니다."

"대답은 세상 제일로 잘하네."

서필규는 웃으며 부장검사의 말에 대답했다.

그렇게 회의가 끝나고, 사무실로 향하는 길. 서필규는 뭐가 그리 즐거운지 진우를 바라보며 입을 열었다.

"우리 막내가 말이야. 선배 검사님들 앞에서 이 서필규의 위신을 딱! 살려줬으니까 오늘부터 이 선배는 우리 막내에게 이 선배의 모든 것을 전수하려고 마음먹었다."

서필규는 과장된 몸짓과 말투로 진우를 향해 얘기해 왔고, 진우는 그 모습을 오랜만에 봐서 기쁜 듯 웃으며 사무실로 발걸음을 옮겼다.

서필규의 사무실로 들어가자마자 서필규는 진우를 자신의 자리로 불렀다.

"앉아봐."

진우는 익숙하게 의자를 가져와 서필규의 옆에 앉았다.

"현 검사, 너 부임하던 날 초임검사가 왜 선배 검사와 방을 같이 쓰고 배워야 하는지에 대해 의문을 가진 적 없었냐?"

"있었습니다."

"그런데 왜 안 물었어?"

"제가 묻는다고 해서 달라지는 것은 없을 거고, 괜히 얘기를 꺼내 선배님의 심기를 거스를 필요는 없다고 생각했습니다. 그저 선배님이 시키는 것만 잘하자고요."

"어이고, 눈치 하나는 정말 타고났네."

서필규는 진우의 답이 마음에 드는 듯 등을 살짝 두드려주고는 진우를 바라보았다.

"나도 너같이 생각했었다면 좀 좋았을까 싶다. 이 선배는 처음 부임하던 날, 나도 이제 검사인데 내 사무실 하나 없이 모든 행동을 제어받는다는 게 마음에 들지 않았거든."

"……."

"근데 이 시스템이 말이야, 조직을 지키는 근본이 되더라고."

서필규는 씩 웃으며 진우를 향해 이야기를 계속해서 이어나갔다.

"밖에서 초임검사들 날뛴다, 법 무서운 줄 모른다며 제어하라고 요구해서 날림으로 만든 이 시스템이 말이야. 선배 검사들의 노하우와 생각들을 후배한테 가르치는 그 순간, 이 조직을 더 끈끈하게 만들고 지켜주는 하나의 장치가 되더란 말이야."

서필규의 말은 사실이었다. 도제 시스템을 밖에서 봤을 때는 초임검사의 일탈을 막는다는 시선으로 바라보았다.

하지만 실상은 검찰 조직 내부를 더 단단하게 해주는 시스템이었다.

"초임 때부터 수사 방향을 조직을 지키는 방향으로 배우는 게 웃기지 않냐? 그런데 어떡하겠냐? 이 선배도 배운 게 그런 것뿐이라 너한테 가르쳐 줄 수 있는 것도 그런 식이다."

"선배님……."

"너도 이런 게 아니꼽다고, 시보 때 너 가르친 이성모처럼 선배 들이받고 그러지 말어."

"……."

"아니꼬워도 말이야, 저기 길 건너 대검 총장실에 가서 바꾸라 이 말이다. 힘없을 때 괜스레 나대다가 선배들 눈밖에 나지 말고. 네가 말한 그 멋있다던 검찰총장에 올라서, 네 손으로 바꿀 수 있는 힘이 생길 때까지 더러워도 참으란 말이다. 그 전엔 이 선배도 너 못 도와준다. 알겠냐?"

진우는 이전 삶에서도 들은 적이 없는 서필규의 속내를 듣고 놀란 표정을 지었다.

"하하하, 놀란 표정은…… 어디 밖에 나가서 서필규 선배가 그렇게 말했다 하고 광고하고 다니지 마라. 나도 이거 주성민 검사님한테 배운 말 그대로 너한테 하는 거니까. 알겠냐?"

"예! 알겠습니다."

"새끼, 대답 한번 시원시원하게 잘해서 좋다!"

서필규는 피식 웃으며 자리에서 일어나 최태섭을 향해 입을 열었다.

"최 계장님, 경찰에서 불기소 의견으로 송치된 사건들 있죠?"

"네. 여섯 건 정도 됩니다."

"그거 현 검사 자리로 배당해 주세요."

서필규는 최태섭을 향해 그렇게 말하고는 진우를 바라보았다.

"너도 잘 알겠지만, 우리 부서는 강력부랑 다르다. 오직 서류로만 보고 사건을 판단한다. 몸으로 뛰는 것은 경찰에 맡겨도 충분해. 무슨 말인지 알겠어?"

검사 1인당 하루에 파악하고 처리해야 할 수사기록만 수천 페이지가 넘었다.

일차적인 수사는 경찰에 수사지휘를 통해 처리하고, 경찰에서 넘어온 수사기록과 증거물들을 서류로 판단하는 게 검사의 몫이었다.

만약에 수사자료가 미진하다면, 다시 경찰에 추가 수사 지휘를 하곤 했다.

"내 앞으로 배당된 사건들이지만, 전부 경찰에서 무혐의 불기소 의견으로 송치된 거다. 이상한 부분 없는지 검토해 봐. 이제 이 사건은 네 사건이다."

서필규의 말에 진우는 자리에서 일어나 고개를 숙였다.

"믿고 맡겨주셔서 감사합니다."

"하하하, 감사하기는 네가 잘해서 한번 맡겨보는 거야. 그리고 웬만한 건 경찰에서 이미 다 조사하고 무혐의 뜬 거니까 따로 어려운 부분도 없을 거야. 네가 부담 없이 해 낼 수 있으니까, 내가 믿고 맡기는 거다. 자, 그럼 자리에 가서 서류들 한번 보고 이상 없으면 불기소 처분하고 나한테 가져와. 문제 있으면 나한테 말하고 알았지?"

"네. 알겠습니다."

"참, 이거 가져가."

서필규는 돌아서는 진우를 불러세워 자신의 책상 서랍에서 작은 상자를 하나 꺼내서 건넸다.

진우가 궁금한 눈초리로 상자를 받아 들고 서 있으니 서필규는 웃으며 열어보라는 듯 고갯짓을 했고, 진우는 상자를 열어보았다.

상자 안에는 고무로 된 골무가 색깔 별로 늘어서 있었다.

"그거 끼고 해라."

"감사합니다."

골무는 어찌 보면 검사에게 떼려야 뗄 수 없는 물품이었다.

적으면 수백, 수천 장. 많으면 수만, 수십만 장의 기록물들을 살피다 보면 지문은 쉽사리 사라졌고, 종이에 베이거나 손가락에 물집이 생기기 일쑤였다.

진우는 자신을 챙겨줘 고맙다는 듯 서필규에게 고개 숙여 인사하고, 자신의 자리로 돌아가 최태섭이 옮겨 놓은 수사기록들을 검토하기 시작했다.

서필규의 말처럼 이미 경찰에서 수사하고 무혐의, 불기소 의견으로 검찰로 송치한 자료기 때문에 이미 풍부한 경험이 있는 진우에게는 식은 죽 먹기나 다름없었다.

진우는 경찰에서 송치된 수백 페이지에 가까운 수사기록을 읽어 내려가기 시작했다.

모두가 제 할 일을 해나가느라 검사실은 순식간에 적막에 휩싸였고, 고무로 된 골무를 낀 손가락으로 종이를 넘기는 사각사각 소리와 째깍째깍 시계 초침 넘어가는 소리만이 가득했다.

 한참 여러 건의 수사기록들을 살피고 있었는데, 경찰에서 무혐의를 내게 된 경위와 불기소 의견을 낸 이유가 명확해 보였기에 불기소 처분을 내려가고 있었다.

 그렇게 여러 건의 사건을 처리하고 드디어 마지막 수사기록만이 진우의 앞에 놓여 있었다.

 '후, 이것도 오랜만에 하려니 힘드네.'

 이전 삶에서 대부분의 시간을 경찰서에서 올라오는 사건을 처리하는 형사부보다는 인지 수사를 하던 특수부 위주로 돌던 진우였다.

 그래서 그런지, 오랜만에 수사기록을 살피는 일도 여간 힘이 든 게 아니었다.

 두 손으로 얼굴을 비비고는 고개를 좌우로 돌리며 스트레칭을 하던 진우는 작게 한숨을 내쉬고 마지막 남은 수사기록을 살피기 시작했다.

 부동산 사기로 고소된 건이었는데 피해자들은 노후 자금을 투자했지만, 어떠한 투자에 대한 보상도 받지 못한 건이었다.

 피해 금액이 3억 원가량이었는데 결코 적은 돈은 아니

었다.
 그런데 경찰에서는 사기 의도가 없는 무혐의로 봤고, 불기소 의견으로 검찰로 송치한 건이었다.
 진우는 무언가 알 수 없는 감이 이 사건을 파보라고 계속해서 종용하는 것을 느꼈다.
 잠시 인터넷으로 기사와 등기부를 열람해 본 진우는 이 사건이 확실히 냄새가 나는 사건이라고 생각하고는 슬쩍 서필규의 자리를 바라보았는데, 서필규는 서류와 씨름 중이었다.
 진우는 두 눈을 질끈 감았다가 뜨고는 무언가 결심한 듯 자리에서 일어나 서류를 들고 서필규에게로 다가갔다.
 "저, 선배님. 이 사건 좀 이상합니다."

CHAPTER 2

"저, 선배님. 이 사건 좀 이상합니다."

한참 서류와 씨름을 하고 있던 서필규는 사무실의 정적을 깨는 진우의 말에 목소리가 들려오는 방향으로 고개를 돌렸다.

자신의 집중을 깨는 진우의 말이 마음에 들지 않았지만, 곤란한 표정으로 서 있는 진우를 바라보고 있자니 딱히 화를 낼 수가 없어 자세를 바로잡고 진우를 향해 입을 열었다.

"왜? 무슨 일인데?"

서필규가 되묻자 진우는 의자를 가져와 자리에 앉아서 사건에 관해 설명하기 시작했다.

"한경시 통합터미널 부지 매입과 관련된 부동산 투자 사기로 보입니다."

진우가 설명을 시작하자 서필규는 수사기록을 넘겨받아

읽어 내려가기 시작했다.

"2009년 8월, 피의자 정미순이 김원태 외 3인에게 터미널이 이전되니 그 부지를 매입해 주상복합빌딩을 건설할 거라고 접근하여 3억 원을 투자받은 것에서부터 시작합니다."

서필규는 서류에서 눈을 떼고 진우의 설명을 듣기 시작했다.

"고소인들의 진술에 따르면 정미순은 고소인들에게 터미널 부동산 매입, 공사비에 500억 원가량이 드는 사업이라고 설명했습니다."

"고소인들은 정미순의 그 말만 듣고 3억 원을 투자한 거야?"

"아닙니다. 정미순은 500억 원을 명동 사채시장에서 4천억 원을 굴리는 큰손 이 회장에게서 빌려올 수 있다고 말했다고 합니다."

서필규는 계속해서 설명해 보라는 듯 아무런 대꾸 없이 진우를 바라보았다.

"이 회장에게서 계약금으로 50억 원을 빌려올 테니, 빌리는 데 필요한 수수료 3억 원을 투자하라고 말했고, 고소인들은 3억 원을 정미순에게 건넸다고 합니다. 며칠 후 정미순은 고소인들에게 약속했던 대로 계약금 조로 50억 원을 빌려왔다고 합니다. 하지만, 무슨 일에선지 2년이 지난 지금에도 부동산을 매입하지도 않고, 투자금도 반환이 안 된다고 합니다."

"50억 원이 든 계좌를 보여줬대?"

"네. 실제로 계좌에 50억 원이 들은 것으로 경찰 조사 결과 밝혀졌다고 합니다."

진우는 고개를 끄덕이며 수사기록에 포함되어 있는 50억 원의 금액이 찍힌 계좌 내역을 서필규에게 보여주었다.

"이러면 사기가 아니라고 판단한 경찰의 말이 맞는데? 50억 원을 빌려온 것도 맞고, 수사기록에 보면 피해자들이 투자한 돈이 자본금이 되어서 법인도 꾸려졌으니 사기 의도는 없었다고 봐야지. 현 검사 너는 뭐가 걸리는데?"

"수사기록을 보고는 한경시 통합터미널 부지 매각 진행 상황을 알아봤습니다. 부지 매입을 한 주체는 정미순이 차린 법인이 아니라 경민실업이라는 중견 회사로 나왔습니다."

"뭐야? 그럼 부동산 거래는 없었다는 거네?"

"네. 경찰에서는 이 부분까지 조사하지 않은 것 같습니다. 있는 정황증거만 보고 무혐의 처분을 내린 것으로 보이고요."

진우의 설명에 서필규는 뭔가 수상하다는 듯 미간을 찌푸리며 생각에 빠진 듯 보였다.

"그래서 현 검사, 네 생각은?"

"일단 경민실업의 실무자를 불러 참고인 조사하고, 50억 원이 든 계좌의 자금 흐름을 추적해 봐야 할 것 같습니다."

"어우, 일이 커지는데. 자금 흐름을 추적한다는 게 쉬운 일이 아니야."

"알고 있습니다. 하지만 무혐의더라도 확실하게 확인한 후 처리하고 가야 마음이 편할 것 같습니다. 고소인들은 아파트를 담보로 대출받아 노후 자금까지 투자했다고 합니다."

진우는 자신의 의견을 똑 부러지게 서필규를 향해 얘기했고, 서필규는 놀랍다는 듯 진우를 바라보았다.

이윽고, 서필규도 생각이 정리된 듯 고개를 끄덕이며 진우를 바라보았다.

"좋아, 그럼 정미순의 계좌에 대해 압수수색영장부터 치고, 네 말대로 그 부지의 현 주인인 경민실업 실무자부터 소환해 보자."

"감사합니다."

진우는 고개 숙여 고마운 마음을 서필규에게 전했고, 서필규는 진우의 등을 두드려 주었다.

"아니야. 네 말대로 냄새가 나는 건 확실하게 처리하고 가야지. 최 계장님, 경민실업에 연락해서 한경시 통합터미널 부지 매입 실무자에 관해 물어봐 주시고, 참고인으로 소환 준비해 주세요. 그리고 현 검사, 너는 지금 나랑 바로 정미순 계좌에 대해 압수수색영장 칠 준비부터 하자."

서필규가 그렇게 교통정리를 하자 검사실의 모든 인원

이 재빠르게 일을 처리해 나가기 시작했다.

 이틀 후, 아침 일찍 출근하던 서필규는 사무실 한편에서 무언가 어두운 기운을 내뿜으며 서류를 확인하는 진우를 보고 놀란 표정을 지었다.
 "야, 현진우. 너 어제 몇 시에 퇴근했어?"
 서류에 정신이 팔려 있던 진우는 서필규의 목소리가 들려오자 자리에서 일어나서 고개 숙여 인사했다.
 "선배님, 나오셨습니까?"
 "몇 시에 퇴근했어?"
 "퇴근 안 했습니다."
 진우의 말에 서필규는 질린다는 표정으로 진우를 향해 입을 열었다.
 "야, 내가 너한테 믿고 맡기겠다고는 했지만, 그렇게 열심히 하면 내가 뭐가 되냐? 수사라는 것도……."
 "선배님, 자금 흐름을 추적하면 할수록 이상합니다."
 한참 설교를 늘어놓던 서필규는 자신의 말을 끊어오는 진우를 향해 짜증이 난 듯 소리를 지르려다 진우의 표정이 너무 심각해 보여 진우의 곁으로 다가갔다.
 "별일 아니면 너는 오늘 내 손에 죽는다."

서필규의 엄포에도 진우는 눈 하나 깜짝하지 않고, 자신이 정리한 서류를 서필규에게 건넸다.

 진우가 건넨 서류를 읽어 내려가던 서필규의 표정은 시시각각 변해갔는데 종국에는 흥미롭다는 표정으로 진우를 바라보았다.

 "이게 다 정미순의 그 50억 원짜리 통장만 보고 투자한 사람들 숫자냐?"

 "네."

 "만약에 말이다. 그 사람들을 모두 피해자라고 가정했을 때 총 피해 금액은 얼마야?"

 "모든 사람을 피해자라고 했을 때 80억 원가량 될 것 같습니다."

 "하……."

 진우의 입에서 들은 피해 규모가 생각보다 많이 크자 서필규는 한숨을 크게 내쉬고는 진우를 바라보았다.

 "너 밥은 먹었냐? 아침 말이야."

 "아직……."

 진우의 답이 마음에 들지 않는다는 듯 서필규는 최태섭을 바라보았다.

 "최 계장님, 그 경민실업 실무자 언제쯤 출석한답니까?"

 "한 시간 후에 출석하기로 했습니다."

 "30분만 딜레이 할 수 있겠어요?"

"네. 해보겠습니다."

"좋습니다. 안 된다고 하면 저기 영상 녹화실에서 좀 대기하라고 해요."

"알겠습니다."

최태섭의 답이 있자, 서필규는 진우를 바라보았다.

"들었지? 조사는 한 시간 반 후부터 한다. 따라 나와."

서필규는 그렇게 말하며 먼저 사무실 밖으로 발걸음을 옮겼고, 진우는 재킷을 챙겨 입고 서필규를 따라나섰다.

두 사람이 한참 걸어 도착한 곳은 검찰청 후문 길 건너의 국밥집이었는데, 서필규는 들어오자마자 진우에게 메뉴도 묻지 않고 주문을 하고는 진우를 바라보았다.

"진우야, 집에 가족 기다린다."

"혼잡니다."

진우의 답에 서필규는 놀란 듯 코를 훔치며 진우를 바라보았다.

"아, 그러냐…… 미안하다. 내가 입이 좀……."

"아닙니다. 괜찮습니다."

"그래도 인마, 아무리 혼자 살아도 집에는 들어가야 할 거 아니냐? 우리 생활이 밖에서 보면 화려해 보여도…… 일에 치이고 서류에 치이는 삶인데 자기 쉬는 것 정도는 요령껏 찾아 먹어. 너 그렇게 죽어라 일한다고 선배들이 이뻐하는 거 아니다."

진우는 서필규의 걱정을 알고 있었다. 일 열심히 한다고 이쁨받고 승진할 기회를 더 많이 받을 수 있다면 최고의 직장이었을 것이다.

그리고 그런 게 될 것 같았으면 이전 삶에서 자신보다 더 높은 곳에 있었어야 할 동기들이 한 트럭이었다.

하지만 그들은 승진할 기회를 받지 못하고 옷을 벗어야 했던 곳이 이 조직이었다.

"외워. '적당히, 그리고 눈에 띌 정도의 실수만 하지 말자'. 이 두 가지면 너는 선배들이 이끌어줄 거야."

서필규의 말에 진우는 웃음으로 대답했고, 서필규는 그런 진우를 보며 계속해서 이야기해 나갔다.

"그렇다고 해서 일 대충 하라는 소리는 절대! 아니라는 거 명심하고, 쉴 때 쉬라는 소리니까."

"알겠습니다."

"그리고 이번 사건은 네가 인지하고 재조사를 한 건 매우 잘한 거다. 하지만 이 선배는 지금 너의 모습을 보면 너무 걱정된다. 몸까지 버려가며 이렇게 해야겠냐?"

서필규는 몹시 걱정된다는 표정으로 진우를 바라보았다.

"힘든 일 있거나 막히면 무조건 나한테 얘기한다. 이건 명령이니까 알겠다고만 대답하고."

"네. 알겠습니다."

"그나저나, 너 생각보다 훨씬 대단한 놈이었네."

"네?"

"개천에서 용 난다는 거 말이야. 선배들 사이에서나 통하던 말이었지, 지금은 외고 나온 놈들이 검사 하는 시대 아니냐……. 와중에 혼자서 공부하고, 한국 최고 대학 법학과 졸업해서 특목고 출신들 버글거리는 사법연수원에서 성적은 탑급이지. 난 놈이긴 하다. 너."

서필규의 말에 진우는 대답 대신 웃음을 지었다.

"여기까지 왔으니 선배들이 끌어줄 거야. 그러니 너무 힘주지 말고."

"네. 알겠습니다."

잠시 후, 식당 직원이 두 사람 앞으로 음식을 서빙해 왔다.

진우는 서필규의 배려로 자칫하면 거를 수 있는 끼니를 챙겨 먹으며 이전 삶에서 느꼈던, 자신을 향한 서필규의 신뢰와 배려를 다시 한번 느낄 수 있었다.

"수고하셨습니다."

경민실업의 실무자가 인사를 하고 검사실을 떠나자 서필규는 자리에서 일어나 허리춤에 양손을 올리고는 크게 한숨을 내쉬었다.

"현 검사, 네 생각이 맞아. 통합터미널 부지 단독 입찰이었다고 경민실업 실무자가 진술했어. 애초에 정미순은 부동산을 매입할 생각이 없었던 거야."

서필규의 말에 진우는 자리에서 일어나 파악하던 서류를 들고 그에게 다가갔다.

"자금 흐름 추적은 어때?"

"할 필요도 없을 것 같습니다."

진우가 그렇게 얘기해 오자 서필규는 두 눈을 동그랗게 뜨고는 진우를 바라보았다.

"왜?"

"50억 원은 실제로 있는 돈이지만, 현금화가 불가능한 돈입니다."

"현금화가 불가능하다고?"

"네. 특수채권 관련인 계좌로 등록되어 출금할 수 없는 돈입니다."

"뭐야? 그럼 애초에 50억 원은 그냥 통장에 찍힌 숫자일 뿐이라는 말이네?"

"네."

"그럼 특수채권 관련인은 누구야?"

"정미순이 말한 명동 사채시장의 큰손 이 회장입니다."

"이 회장에 대해 좀 파봐야겠는데?"

"그 부분도 따로 조사해 봤습니다."

"뭐야, 벌써?"

자신이 지시하지 않았는데도 다음 단계의 조사까지 빠르게 해온 진우에게 놀란 듯 되묻는 서필규였다.

"너 진짜 난놈이구나?"

서필규는 신기한 듯 웃으며 진우를 바라보았다.

"누가 너를 내 후배 검사라고 보겠냐? 아, 비꼬는 거 아니다. 일 처리를 너무 잘해서 칭찬하는 거야. 그래서 이 회장은 누구야?"

"이팔성, 65세이고 한경시에서 고물상을 하고 있습니다. 고물상이라고 우습게 볼 건 아닌 게 꽤 크게 사업을 하고 있는 것 같습니다."

"뭐야, 명동 사채시장의 이 회장은 없는 인물이라는 거네?"

"네. 그리고 정미순이 만든 법인 사무실이 있다는 3층짜리 빌딩이 이팔성의 소유입니다."

"둘이 짜고 공사 제대로 쳤네. 자금 흐름은 어때?"

"아침에 보여드렸듯이 정미순이 만든 법인 계좌로 여러 차례 고액이 입금된 것으로 보아 피해자들이 더 있는 것 같습니다."

"그 피해자들은 여전히 자신이 피해자인 줄 모를 테고?"

"고소나 고발을 하지 않은 것을 보면 그런 것 같습니다."

"하, 최 계장님. 당장 정미순과 이팔성 신병 확보하라고 경찰에 수사지휘 요청해 주시고, 현 검사 너는 다른 피해자들과 접촉해. 나는 구속영장부터 준비한다."
"네. 알겠습니다."

"진우야, 그냥 이 선배는 몹시도 찝찝하다."
 일주일 전, 진우가 사건에 대해 냄새를 맡은 이후, 두 사람은 집에 들어가지도 못하고 이번 사건을 처리해 나가고 있었다.
 "네가 무슨 생각으로 그런 말을 한 건지 알겠는데 다시 생각해 봐라. 이거 너한텐 기회야."
 "선배님, 제 생각은 그대로입니다. 변할 생각도 없고요."
 "아이, 답답한 자식아! 그냥 눈 딱 감고 '제가 파냈습니다' 하면 되는 건데 이걸 왜 나한테 넘겨주냐고."
 전날 진우는 아주 진지한 표정으로 서필규와 대화를 나눴었다.
 이번 사건은 서필규가 주도적으로 수사해 나간 것으로 해달라는 진우의 진지한 표정과 말에 서필규는 알았다고 답했었지만, 하루가 지나고 나니 이건 아닌 것 같다는 느낌이 들었다.
 후배의 사건을 뺏어 먹는 검사라니.
 출세하고 싶었지만, 이런 방식으로 출세하고 싶진 않았다.

"선배님, 아직은 조금 이른 것 같습니다."

"아니, 그러니까 이 선배가 너를 지켜주겠다니까?"

진우는 전날 서필규에게 자신은 지금 누구의 눈에도 띄고 싶지 않다고 말했던 참이었다.

물론 지금 이 사건을 진우가 해결했다고 말하고, 선배들의 주목을 받게 된다면 애초 생각했던 대로 좀 더 빠른 승진이 가능했을 것이다.

다만, 나무 위 높은 곳까지 올라가면 누군가는 흔들어댈 것이고, 초임검사의 몸으로는 그 바람을 막아낼 수 없었다.

그래서 진우는 서필규를 이용하기로 마음먹었다. 이전 삶에서처럼 서필규를 높은 곳까지 먼저 보낸 후 자신이 뒤를 따라가는 게 가장 좋은 방법이라 생각했다.

기수 파괴가 쉽사리 일어나지 않는 검찰 조직이라는 것도 이런 판단을 하게 되는 데 영향을 끼쳤다.

"선배님…… 혹시 후배의 공을 뺏어 먹는다고 생각하시는 거면 그럴 필요 없으십니다. 저는 전혀 그렇게 생각하지 않습니다."

"네가 그렇게 생각하고 안 하고를 떠나서 내가 너무 찜찜해."

"선배님, 솔직히 선배님께서 기회를 주지 않으셨다면 제가 보지 못했을 것이고, 선배님이 먼저 보셨다면 저와 똑같은 판단을 하셨을 거라 생각하고 있습니다."

이 말은 진심이었다. 진우는 처음부터 서필규에게 수사 노하우를 배워왔었으니까.

진우의 생각이 바뀌지 않을 것 같아지자 서필규는 크게 한숨을 내쉬고는 진우를 바라보았다.

"이번 한 번만이다. 다음에는 이런 부탁은 받지도 않을 거고, 내가 하지도 않을 거니까 그렇게 알고 있어."

"감사합니다."

진우는 웃으며 서필규에게 고개 숙여 감사의 마음을 전했다.

서필규는 여전히 진우의 선택이 마음에 들지 않았지만, 설득이 먹히지 않으니 어쩔 수 없다 생각했다.

두 사람이 잠시 실랑이하고 있을 때 회의실로 부장검사를 포함한 형사7부 검사들이 줄지어 들어왔다.

"자, 다 왔으니까 시작하자."

부장검사 김용환은 모든 인원이 자리하자 서필규를 향해 사건 브리핑을 시작하라는 말을 꺼냈고, 진우는 한쪽에 서서 서필규가 브리핑하기 편하도록 프레젠테이션 화면을 띄웠다.

"2010년 4월 12일. 경찰에서 무혐의 의견으로 송치된 사건을 파악하던 중 조직적인 부동산 사기 수법과 동일해 보이는 사건이라 파악하고 재수사에 돌입했습니다."

서필규는 진우를 향해 고개를 한 번 끄덕였고, 진우는

다음 장으로 화면을 넘겼다.

"2009년 8월 15일. 피의자 정미순은 피해자 김원태 외 3인에게 접근, 한경시 통합터미널 부지 매입과 개발에 필요한 계약금 50억 원을 명동 사채시장의 이 회장에게 빌려오기 위해서는 수수료가 필요하다며 투자를 종용, 실제 피해자들로부터 3억 원을 투자받았습니다."

"경찰에서 넘어온 수사기록에 의하면 계약금 50억 원이 입금되었다고 하는데?"

서류를 살피던 부부장검사 윤철주의 물음에 진우는 화면을 다시 한 장 넘겼고, 서필규는 화면이 넘어가자 계속해서 설명을 이어나갔다.

"네. 그래서 경찰에서도 사기 의도는 없었다고 보고 무혐의 처분을 내렸습니다. 송치된 사건을 조사하던 도중 정미순이 만든 법인이 아닌 다른 중견기업이 한성시 통합터미널 부지를 매입한 것으로 확인, 추가조사를 시작했습니다."

"다른 중견기업?"

"실제 부지는 경민실업이라는 중견기업에서 매입했고, 실무자 소환 조사 결과, 부지는 단독 입찰로 매입했다는 걸 확인했습니다."

"애초에 부지를 매입할 생각이 없었다. 이 말 아이가?"

"그렇습니다."

부장검사 김용환의 물음에 서필규가 답하자 회의실에는

침음만이 흘러나왔다.

"자금 흐름을 추적하던 도중 피의자 정미순이 피해자들에게 보여줬던 50억 원이 든 계좌 또한 복잡한 권리가 설정되어 단 한 푼도 현금화가 불가능한 돈이라는 것을 확인했습니다."

"계좌가 압류되어 있다는 기가?"

"네. 그렇습니다. 압류의 주체는 앞서 말했던 명동 사채시장의 큰손 이 회장으로 확인. 조사한 결과, 이 회장은 명동 사채시장의 큰손이 아닌 한경시에서 자영업을 하는 65세 이팔성으로 확인되었습니다."

"피의자와의 연관성은?"

"둘을 불러 조사를 해봐야 알겠지만, 피의자 정미순이 세운 법인의 사무실 주소가 이팔성 소유의 빌딩으로 되어 있습니다."

"둘이 한 몸으로 봐도 무방하겠구만?"

"네. 그리고 자금흐름을 추적하던 와중 고소인들 외의 피해자들이 다량 있는 것으로 보고 소환하여 진술 조사까지 마쳤습니다."

"총 규모는?"

"80억 원이 조금 넘습니다."

서필규의 말에 부장검사 김용환은 꼬고 있던 다리를 풀며 고개를 끄덕였다.

"주 프로, 하던 수사 마무리됐나?"

부장검사의 물음에 주성민 수석검사는 고개를 가로저으며 입을 열기 시작했다.

"마무리 단계가 남아서 저는 힘들 것 같습니다."

"그래? 그럼 주 프로를 제외하고 전원 이 사건에 투입한다. 하던 일 잠깐 스탑하고, 피해자들부터 소환해서 정미순에 대한 고소, 고발장을 받아내라. 그리고 서 프로 니는 정미순이랑 이팔성이 구속영장 칠 준비하고."

"알겠습니다."

"보자……. 서 프로 다른 방에 넘길 자료들 정리됐나?"

"네. 됐습니다."

"좋다. 다들 서 검사한테 자료들 넘겨받고, 나는 이 건에 대해 차장님한테 보고드리러 갈 테니까는 바로 수사 들어갑시다."

"네."

김용환 부장검사의 교통정리가 끝나자 회의실에 있던 검사들은 하나둘 자리를 비우기 시작했다.

"현 검사, 먼저 사무실 가서 다른 검사들 방으로 자료 넘겨줘."

"같이 안 가십니까?"

"그래, 나는 부장님이랑 얘기 좀 하고 갈게."

"네. 알겠습니다."

서필규의 말에 진우는 사무실로 발걸음을 옮겼고, 서필규는 다시 부장검사실의 문을 두드렸다.

"들어온나."

안에서 들어오라는 말이 들려오자 서필규는 작게 한숨을 내쉬고는 방으로 들어갔다.

"어, 서 프로. 얘기 못 한 거 있나?"

"네."

재킷을 주섬주섬 챙겨 입던 부장검사 김용환은 서필규를 향해 물었다.

"급한 거가? 급한 거 아이면 일단 차장검사님 뵙고 와서 얘기하자."

본인이 그렇게 말했음에도 아무런 대꾸 없이 서 있는 서필규를 바라보고는 김용환은 인상을 구기며 소파로 다가갔다.

"와 말이 없는데? 앉아봐라."

김용환의 말에 서필규는 자리에 앉았고, 김용환은 서필규를 바라보며 입을 열었다.

"뭔데? 뭘 얘기 못 했는데 이래 망설이나?"

"부장님…… 사실……."

"야야, 차장검사님 뵈러 가야 한다고 안 하나 빨리 말해봐라."

"사실, 이 사건 제가 발견한 게 아니고요."

"아니고?"

"현 검사가······."

진우의 이름이 서필규의 입에서 나오자 김용환의 표정은 삽시간에 굳어갔다.

"그니까 정리해 보자. 이 사건이 불기소 의견으로 경찰에서 올라왔는데, 네가 보다가 밝혀낸 게 아이고 현진우 금마가 수사기록 보고 캐냈다. 이거가?"

"네······."

"근데 와 네가 한 거······ 니 인마 후배 사건 뺏었나? 서필규 인마, 이거 내가 그렇게 안 봤는데. 야! 서필규!"

김용환이 다짜고짜 소리를 질러오자 서필규는 억울하다는 표정을 지었다.

"부장님, 그런 게 아닙니다."

"그런 기 아이면 뭔데! 니 선배들이 그렇게 가르쳤나! 후배 사건 뺏으라고 말이다!"

"현 검사가 그렇게 해달라고 했습니다."

서필규의 입에서 진우의 요청이었다는 말이 나오자 김용환은 자신이 잘못 들었나 했다.

"뭐라고? 현진우가 니 사건으로 해달라고 했다. 이 말이가?"

"네. 현 검사가 그렇게 해줬으면 좋겠다고 부탁했습니다. 저는 그냥 현 검사 네가 한 거라고 하자고 설득했지만,

그 자식 고집이…….”

"와? 아니, 현진우가 왜?"

"지금은 누구의 눈에도 띄고 싶지 않았다고 말했습니다. 아무래도 수습 기간이다 보니 부담스럽기도 하고…….”

"그것도 그렇네. 수습 기간인데 현 검사가 사건을 밝혀 냈다는 것도 이상하네."

"저번에 말씀드렸듯이 정말 일 잘합니다. 검사 하려고 태어난 놈 같습니다. 현 검사가 일 처리해서 저한테 가져오면 손댈 곳이 없습니다."

"뭐라고? 말이 되나? 새끼, 이거 이번 사건 니 몫으로 하라고 했다고 과장하는 거 아이가?"

"부장님, 저도 4년 차 검사입니다. 설마 그렇겠습니까? 그 말이 안 되는 걸 현진우 검사는 하고 있습니다. 불기소 이유서를 작성시켜 봤더니, 무슨 매뉴얼이 있는 것처럼 완벽하게 작성해 왔습니다."

서필규의 말에 김용환은 놀란 표정을 쉽사리 지우지 못했다.

"보자, 현진우 글마 시보 어디서 했노?"

"서부지검, 이성모 검사 밑에서 했다고 합니다. 그런데 부장님도 아시다시피 이성모 검사가 누굴 챙겨주고 이런 스타일이 아니라…….”

"그래, 아이지. 연수원 성적이 높았제? 보자 몇 등이었더라······."

"30위대였습니다."

"어이고, 법관 임용권이네······."

"전화 좀 돌려서 알아보니까 연수원 내에서도 공부만 했던 스타일이라고 하더라고요. 그래서 그런지 머리 회전이 상당히 빠릅니다."

서필규의 말에 김용환은 고개를 끄덕이며 생각을 하다 이내 입을 열기 시작했다.

"그라면, 니 생각은 어떤데?"

"네?"

"서 검사, 니 생각은 현진우랑 똑같냐, 이 말이다."

"그게 고민입니다. 영 찝찝해서······ 그래서 저도 부장님께 말씀드리는 겁니다."

"참 별난 놈 하나 들어왔네. 일단은 현진우가 그렇게 해달라고 하니까, 이 일은 니랑 내랑만 알고 있는 걸로 하자. 내는 차장검사님한테 서 검사 네가 했다고 말씀드릴 테니까."

"······."

"똑똑한 놈이라매? 그라면 뭔 생각이 있으니까 그렇게 하자고 했겠지. 그라고 본인이 그렇게 해달라고 하는데 니 입장에서는 나쁘지 않지."

김용환의 말에 서필규는 한숨을 작게 내쉬고는 고개를 끄덕였다.

"알겠습니다."

"그래, 수사 상황이나 더 신경 써라. 그리고 니가 영 찜찜하면 이 사건 끝나고 내가 현 검사 밥이나 한 끼 사줄게. 그라면 되지 않겠나? 필규 니도 그냥 후배 사건 훅하고 빨아먹은 거 아이고, 현진우도 내한테 칭찬받으면 보람도 있을 끼고."

김용환의 말에 서필규는 자리에서 벌떡 일어나 고개를 숙였다.

"부장님께서 그렇게만 해준다면 저도 마음 편하게 먹겠습니다."

"그래, 그래. 후배 잘 둔 덕이라 생각하고 수사 차질 없이 하고. 일어나자. 내도 차장님 뵈러 가야 한다."

"네. 알겠습니다."

두 사람은 그렇게 대화를 마무리하고는 부장검사실을 빠져나왔다.

일주일 후, 서울중앙지검 기자실.

수많은 중앙지검 출입 기자들이 아침부터 자리에 앉아 있었고, 그들 사이를 돌며 진우는 보도 자료를 나눠주고 있었다.

한참 보도 자료를 배포하는 와중 서필규와 부장검사 김용환이 기자실로 들어섰다.

두 사람은 익숙한 듯 기자실 중앙에 있는 연단으로 다가섰고, 김용환은 마이크 앞에 서필규는 김용환의 옆에서 차렷 자세로 서 있었다.

"형사7부, 부장검사 김용환입니다. 조직적인 부동산 사기 사건에 관한 수사 결과를 발표하도록 하겠습니다."

김용환은 사투리가 섞인 어색한 서울말로 수사 결과를 발표하기 시작했다.

"2010년 4월 12일. 형사7부 서필규 검사는 경찰에서 무혐의 의견으로 송치된 사건을 파악하던 중 조직적인 부동산 사기 수법과 동일해 보이는 사건이라 파악하고 재수사에 돌입했습니다."

김용환은 열심히 사건에 대해 브리핑을 해나갔고, 보도 자료를 모두 돌린 진우는 서필규의 옆에 두 손을 가지런히 모으고 섰다.

"잘 돌렸냐."

서필규는 정면을 바라보며 아주 작은 목소리로 진우를 향해 물어왔고, 진우는 작게 답을 하기 시작했다.

"네. 다 돌렸습니다."

"오늘 저녁에 시간 있지? 아니, 없어도 내라. 너랑 나, 그리고 부장검사님이랑 같이 밥 먹을 거니까. 퇴근 시간 지나고 조용한 곳으로 잡아. 방으로."

"세 사람만 말입니까?"

"그래. 부장검사님께서 따로 하실 말씀이 있다니까."

"예. 알겠습니다."

진우는 작게 대답을 하고 정면을 바라보았다.

"에…… 그렇게 하여 총 사기 규모는 90억 원가량으로 추정되며 추가 수사 결과에 따라 더 늘어날 것으로 보입니다. 부동산 사기 사건의 주범 이모 씨를 구속기소 하였으며, 공범인 정모 씨 또한 구속기소 하였습니다. 저희 형사 7부는 앞으로 추가 수사를 통해 여죄를 밝혀낼 것이며, 단 한 사람의 억울한 피해자가 나오지 않도록 열심히 하겠습니다. 감사합니다."

"부장님, 경찰에서 무혐의 의견으로 올라온 사건이라고 하셨는데요?"

한 기자가 손을 번쩍 들며 질문해 오자 김용환은 기다렸다는 듯 고개를 끄덕이며 입을 열었다.

"그렇습니다. 자세한 사항은 나눠드린 보도 자료에 포함되어 있습니다만, 경찰에서는 피의자의 계좌에 들은 돈을 보고 사기 의도가 없었던 것으로 파악했다고 합니다."

"서필규 검사님께 질문을 해도 되겠습니까?"

기자의 물음에 김용환은 서필규를 바라보며 고개를 끄덕였고, 서필규는 마이크 앞에 섰다.

"보통 무혐의 처분이 난 사건들은 재조사 결정을 잘 하지 않는 것으로 알고 있습니다. 재조사를 결정하신 이유가 있습니까?"

"다른 건 없습니다. 그저 피해자들이 노후 자금을 모두 투자했음에도 이득이 없다는 얘기를 듣고, 수사기록에 허점이 없는지를 파악했을 뿐입니다."

서필규는 그리 말하며 슬쩍 진우를 돌아봤는데 진우는 그를 향해 미소를 지어주었다.

"수사기록을 검토할 때 피해자의 처지에서 생각해 보라는 선배 검사님들의 가르침을 충실히 따르려고 노력했고, 또 앞으로도 노력하도록 하겠습니다. 감사합니다."

김용환과 서필규가 기자들을 상대로 수사에 대한 브리핑을 마치고 고개를 숙였고, 옆에 서 있던 진우 또한 깊숙이 고개를 숙였다.

김용환은 인사를 한 이후 연단에서 내려오며 두 사람을 향해 다가왔고, 진우의 어깨 위에 손을 올렸다.

"막내야, 잘했다."

진우는 뜬금없이 자신을 칭찬해 오는 김용환의 말에 놀란 표정을 지으며 서필규를 바라보았고, 서필규는 뭐가 그리 즐거운지 싱글벙글 웃었다.

＊

「한 검사의 기지로 수십억 원대의 사기 피의자가 구속되었습니다. 서울중앙지검의 형사7부 금융, 기업범죄전담부 서필규 검사는 경찰에서 무혐의로 처리한 사건을 조사하던 도중 이상함을 느끼고 묻힐 뻔한 대규모 사기 행각을 밝혀냈습니다. 서 검사는 "수사기록을 검토할 때 피해자를 한 번 더 생각하라는 선배 검사들의 가르침에 따라 행동했을 뿐이라며, 당연한 일을 한 것일 뿐이다"라며 말했습니다.」

ㄴ 서 검사님 멋지십니다!

ㄴ 당연한 일을 하지 않는 사람들 때문에 피해 보는 사람이 많다는 거.

ㄴ 오랜만에 제대로 된 검사 소식 보는 듯!

서초동에 위치한 한 식당, 서필규의 명령에 따라 예약한 식당의 방에는 진우만 혼자 덩그러니 앉아 있었다.

진우는 휴대전화로 오늘 발표한 사건에 관한 기사를 보고 있었다. 그렇게 흥미를 끄는 기사는 아닌지 댓글은 별로 없었지만, 반응은 호의적이었다.

이런 사건을 하나둘씩 쌓아가다 보면 나중에 승진할 때 서필규에게 도움이 될 것이다.

미담 싫어하는 사람은 없을 테니까.

검찰청
망나니

물론 서필규의 승진은 진우에게도 큰 이득으로 돌아올 것이다.

'그나저나 부장이 왜 나한테 칭찬을 한 거지?'

진우는 기자실에서 자신의 어깨 위에 손을 올리고 '잘했다' 칭찬해 오던 김용환의 얼굴을 떠올렸다.

'보도 자료 잘 뿌렸다고 칭찬할 리는 없을 테고, 설마 필규 선배가……'

한참 그때의 일을 생각하고 있을 때 방의 문이 열리며 서필규가 들어왔다.

"미안하다. 차장검사님이랑 얘기가 좀 늦어져서. 부장님도 5분 안에 도착하신다더라."

진우는 서필규가 들어오자 자리에서 일어나 인사를 했다.

"아닙니다. 저도 온 지 얼마 안 됐습니다."

"진우야, 고맙다. 내 검사 인생 처음으로 차장검사님한테 칭찬받았다. 특수부로 가도 되겠다고 칭찬하시는데. 크으…… 진우야, 너는 이제 내 새끼다. 나랑 평생 가자."

서필규는 진우의 곁으로 다가와 어깨를 한번 두드려주었고, 진우는 고개 숙여 인사했다.

두 사람이 그렇게 얘기를 나누고 있을 때 방문이 열리며 부장검사 김용환이 들어왔다.

"인마들, 서서 뭐 하는데?"

"아, 부장님. 저도 지금 왔습니다."

서필규가 그렇게 얘기하자 김용환은 웃으며 두 사람을 향해 입을 열었다.
　"자, 앉자. 오늘 지검장님이 용돈 주셨다 아이가. 요즘 뭐고 경찰에서 좀 기어 올라가 마음에 안 들어 하셨는데 한 방 먹였다고, 아주! 잘했다고 칭찬을 칭찬을 어찌나 하시던지. 하하하, 오늘 너거들 먹고 싶은 거 다 시키라."
　김용환은 마치 선심 쓴다는 듯 두 사람을 향해 얘기했고, 진우는 직원을 호출해 음식을 주문했다.
　"진우야, 아니, 현 검사."
　"네. 부장님."
　"니 와 그랬는데? 와 니가 해놓고 필규가 했다고 덮어씌웠는데?"
　"부장님 덮어씌우다뇨. 배려한 거죠. 배려!"
　"시끄럽다! 내가 니한테 물었나? 진우한테 물었지. 현 검사 한번 말해보그라."
　진우는 이제야 기자실에서 김용환이 자신의 어깨를 두드려 주었는지 이유를 알 것만 같았고, 서필규는 그런 진우를 바라보며 웃고 있었다.
　"요즘 초임검사들 초임 때부터 튀고 싶어가 안달이 나있는데, 니는 와 니가 인지한 수사를 필규한테 넘겼는데? 함 들어나 보자."
　김용환의 물음에 진우는 순간적으로 답변을 생각하기

시작했다. 속내를 다 드러낼 수도 없는 일이었다.

"서 검사님의 배려가 없었다면 이 사건을 인지하지 못했을 겁니다. 그리고 제가 아니더라도 서 검사님께서 처리하셨다면 분명 잡아내실 수 있었을 겁니다."

"하하! 필규 절마, 저거 내가 잘 아는데. 아닐걸?"

"크, 크흠."

김용환이 핀잔을 주자 서필규는 불편하다는 듯 헛기침을 해왔고, 김용환은 크게 웃었다.

"하하하, 자슥아. 농담이다, 농담. 그게 다가? 그게 진심이냐는 말이다."

"네. 진심입니다."

"히야, 검사 생활 15년 만에 별난 놈을 다 보겠네. 앞에서는 선배님, 선배님 캐도 뒤에서는 제치고 올라 갈라고 칼을 가는 새끼들이 한둘이 아닌데 우리 부서에 좀 별종한 놈이 들어왔네."

김용환은 뭐가 그리 기분 좋은지 연신 웃으며 서필규를 바라보았다.

"서필규, 네 복이다. 그리고 진우 니 복이기도 하다. 주 검사가 일만 없었으면 니 담당 검사는 주 수석이었을 건데. 필규같이 순한 놈 만나가, 네 말대로 이번 일도 필규가 배려한 거니까. 필규한테 고맙게 생각해라."

"네. 알겠습니다."

"그리고 다음부터는 네가 한 일은 네가 했다 캐도 된다. 검사는 초임 때라도 그래도 돼!"

김용환은 술잔이 몇 순배 돌자 기분이 좋아진 건지 목소리를 크게 높여가며 진우를 향해 얘기해 왔다.

"배짱이 있어야지, 선배 뒤에 숨으면 되겠나? 그런 놈들을 선배들이 좋아한다. 그런 배짱이 있어야 모가지에 칼 대고 수사 엎으라 캐도 마이웨이로 가는 기라. 알겠나?"

"네. 알겠습니다."

김용환은 기분이 좋은 듯 싱글벙글하며 맥주잔을 들어 올렸고, 서필규는 재빠르게 컵에 맥주를 따라주었다.

"주 검사님도 이 자리에 계셨으면 좋았을 텐데요."

"마, 아서라. 주성민이는 우리랑 같은 학교 출신이긴 해도 성골은 아이다. 알제?"

김용환이 말하는 성골은 한국대학교 법학과 출신을 일컬었다.

주성민은 한국대 출신이긴 했지만, 경제학과 출신으로 사법고시를 치고 검사가 된 케이스였다.

"부장님, 막내 듣습니다."

"들어도 돼! 어차피 나중에 되면 다 알 낀데."

서필규가 말렸음에도 김용환은 무언가 기분이 좋은 듯 떠벌리며 말을 가리지 않고 해나갔다.

"주성민이 금마는 비법대 출신이라 그런지 선후배끼리

좀 살가운 그런 게 없어요."

김용환은 그렇게 말하며 그윽한 눈빛으로 진우를 바라보았다.

"막내야, 니는 여기 서필규랑 내만 믿고 검사 생활하면 된다. 누가 니한테 눈치 주거든 내한테 말해라. 알았나?"

"네. 알겠습니다."

진우는 거드름 피우고 싶어 하는 김용환의 기분에 대충 맞춰줘야겠다는 듯 웃으며 대답을 했다.

"자, 오늘 마시고 죽는 기다. 알았나!"

"네! 알겠습니다."

진우와 서필규는 큰 소리로 대답했고, 김용환은 연신 기분이 좋은 듯 술잔을 기울였다.

"현 검사야."

"네. 부장님."

"선배님, 선배님 해도 돼. 우리끼리 있을 땐 선배님이라 불러라."

술에 흥건히 취한 김용환은 기분이 좋은 듯 진우를 불러왔다.

"내랑 필규가 이뻐한다고 해서 너무 튀게 행동하지는 마라."

진우는 조용히 김용환을 바라보았다.

"아까는 배짱 있게 행동해도 된다고 캐놓고 갑자기 튀지 말라 카이 이해가 잘 안 되제? 나도 첨에 선배들한테 이런 얘기 들었을 때는 이해를 못 했어. 근데 겪어보니까 알겠더라고. 그 중간만 지키면 된다는 걸 말이다."

김용환은 어느새 얼굴에 웃음기를 싹 지우고 진우를 바라보았다.

"너무 뒤처지지도 말고, 너무 앞서가지도 마라. 그게 이 조직에서 오래 살아남는 법이다. 뒤로 처지는 놈은 후배한테 잡아먹혀 옷 벗고 저기 법조타운 가서 변호사 해 묵는 기고, 잘난 놈은 정권 바뀔 때마다! 칼잡이로 써 먹히고 다음 정권 되면 버려지는 거고."

김용환은 검지를 곧게 펴고 진우를 향해 얘기를 이어나갔다.

"중간을 잘 지킨 놈은 저기 대검찰청 8층에서 남들을 내려다볼 수 있는 기다."

대검찰청 8층, 검찰총장실이 있는 곳이었다. 진우는 김용환의 말이 무슨 뜻인지 알 것 같았다.

진우가 겪어본 이 조직은 그랬다.

적당히 수사 잘하고, 적당히 선배들 잘 모시고, 적당히 눈치 잘 보고, 뭐든지 적당히······.

"이 선배가 하는 말이 무슨 말인지 알겠나?"

"네. 알겠습니다."

"적당히 눈치 살살 보고 있다가, 지금이다 싶으면 콱 물고 놓지 마래이."

"선배님, 진우 이놈 이제 2개월 차입니다."

서필규가 웃으며 김용환에게 말하자 김용환은 고개를 끄덕였다.

"그래. 이 정도면 됐다. 진우 니는 똑똑한 놈이니까는 알아서 잘할 끼다."

어찌 되었든 진우가 의도했던 바와 달리 서필규 덕분에 부장검사에게도 인정을 받을 수 있었고, 예상했던 것보다 더 빠르게 그들의 이너서클로 들어설 수 있어 기분이 나쁘지 않은 마무리였다.

"허…… 허억……."

진우는 오늘도 그날의 악몽을 꾼 후 잠에서 깨어났다.

이제는 꿈에 나오지 않을 만도 한데 트럭이 자신을 향해 덮쳐오던 그 순간은 마치 어제 일처럼 선명하다.

악몽과 더불어 전날 김용환, 서필규와 마신 술로 인한 숙취가 진우를 괴롭혀 왔다.

침대에서 일어나 아픈 속을 가라앉히려 노력하며 냉장고로 다가가 물을 벌컥벌컥 들이켠 진우는 휴대전화를 확인했다.

오늘은 토요일이었지만, 언제나 그랬듯 주말 이틀 중 하루는 출근해야 했다. 사실상 주 6일을 출근하는 직업이 검사란 직업이었다.

부동산 사기 사건을 해결하느라 뒷전으로 미뤄놓은 사건들을 처리해야 했기 때문이다.

"금동아, 밥 먹자."

오늘 하루도 집에 혼자 있어야 할 금동이를 위해 밥그릇에 사료를 가득 채워두고, 물도 확인한 진우는 화장실로 들어가 재빠르게 샤워를 하고 옷을 챙겨 입기 시작했다.

"금동아, 다녀올 테니까 잘 놀고 있어."

언제나 그랬듯 대답 없는 메아리인 걸 알지만, 금동이와 인사를 나눈 진우는 집을 나서려 하던 찰나 주머니의 넣어둔 휴대전화가 울렸.

휴대전화를 꺼내 발신인을 확인한 진우는 재빠르게 통화 버튼을 눌렀다.

"네, 선배님."

-어디냐?

"이제 막 출근하려 합니다."

-할매 국밥집으로 와. 밥 먹고 같이 들어가자. 얼마나 걸려?

"이제 막 집에서 나왔습니다. 5분이면 될 것 같습니다."

-빨리 와. 속 아파 뒤질 거 같으니까.

서필규의 전화였는데 오늘 쉴 거라 예상했던 서필규도 출근하려는 듯했다.

부임지와 가까운 곳에 자취방을 구하는 것이 진우와 같은 젊은 검사들에게는 유리했다.

어차피 2년마다 순환 근무를 해야 했기 때문에 대출을 받아 집을 사는 것보다는 부임지에서 가까운 곳이 좋았다.

지방 지청으로 순환 근무를 할 때는 관사를 빌려 생활하는 검사들도 있었다.

물론 가정이 생긴다면 얘기는 달라지겠지만 말이다.

진우는 서필규가 기다릴까 봐 빠른 걸음으로 지검 건너편에 있는 국밥집으로 향했고, 국밥집에 들어서자 서필규는 식탁에 머리를 박고 앉아 있었다.

진우가 다가가자 인기척을 느낀 서필규는 고개를 들지도 않고 입을 열었다.

"왔냐."

"네. 속이 많이 안 좋으십니까?"

"그래. 부장이랑은 술 다시는 안 마신다고 매번 다짐하고는 자리에 앉으면 넙죽넙죽 받아먹게 되네. 너는 속 괜찮냐?"

"저는 어제 요령껏 마셨습니다."

진우의 말에서 서필규는 번쩍 고개를 쳐들고는 진우를 바라보았다.

"다음부터는 그러지 말어. 우리 부장, 그거 귀신같이 알아챈다. 어제는 좋은 자리라 별말 안 했을 건데 나중엔 막 지랄…… 아니, 그거로 꿍해서 뭐라고 하니까."

진우는 알고 있었다.

사실 술을 좋아하지도, 잘 마시지도 않았기 때문에 이전 삶에서는 회식을 가질 때마다 진우를 찾지 않았다.

술도 업무 능력이라던 선배들의 말을 이해하지 못했던 진우도 그게 편했다.

하지만 이전과는 달라져야 했기 때문에 웃으며 서필규의 충고에 고개를 끄덕였다.

"네. 알겠습니다."

"그리고 어제 부장이 주 수석님에 관해 얘기한 거 있잖아."

서필규는 조심스러운 표정으로 진우를 향해 입을 열기 시작했다.

"성골이니 뭐시기 말씀하신 거, 그거 혹여나 너는 그렇게 생각하지 마라. 부장님은 좀 옛날 분이시라 그렇게 생각하실 수도 있는데, 주 수석님이 그래도 비법대 출신으로 우리 부서 에이스야. 본인도 비법대 출신이라는 게 조직에서는 약점인 걸 알기 때문에 악을 쓰며 열심히 하시는 거고."

"네. 알고 있습니다."

"그래, 혹시나 하는 노파심 때문에 한 말이야. 후배로서는 부장검사님 같은 선배도 잘 모셔야 하지만, 주 수석님 같은 분이랑 가까이하는 게 배울 것도 많고 좋을 거야."

이전 삶과는 다르게 서필규와 빠르게 친해지니 서필규의 속내를 꽤 자주 들을 수 있었다.

'선배도 이런 시절이 있었군요.'

진우는 서필규도 이런 시절이 있다는 걸 알게 된 것이 기분이 나쁘진 않았다.

이런 생각이 마음 한편에 있었으니 이전 삶의 진우와 같은 멋모르고 덤벼대는 검사를 버리지 않고 자기 밑에 두고 챙겨줬다고 생각한 진우는 작게 웃었다.

"왜 웃어?"

"저를 챙겨주시는 게 보여서 기분이 좋습니다."

"내가 말했잖아. 너는 이제 영원히 내 새끼야. 이 선배가 옷 벗는 날까지 너는 내가 밀어준다. 검사 생활 4년 만에 복덩이 하나가 굴러들어 와서 나도 검사 인생이 폈네."

한참 두 사람이 얘기를 나누고 있을 때 국밥이 나왔고 진우는 수저를 챙긴 다음 서필규를 향해 물었다.

"들깻가루 넣으십니까?"

"아니. 들깻가루 넣으면 술이 들깨."

진우가 인상을 쓰자 서필규는 크게 웃고는 해장국을 퍼먹기 시작했다.

"너, 운동 뭐 하냐?"

한참 식사를 해나가던 와중 서필규는 냅킨으로 입을 닦으며 진우에게 물었다.

"딱히 하는 게 없습니다. 시간도 없고요."

"주말이 없는 직업이라지만 쉬는 날 뭐 하냐?"

"그냥 누워 있거나 업무 준비를……."

"와, 정말 재미없게 사는구나. 너?"

서필규의 말에 진우는 딱히 반박하지 못했다.

본인이 생각해도 재미없는 인생을 살아왔기 때문이다.

"오늘은 밀린 서류들 처리해야 하니까 어쩔 수 없고, 내일 약속 있냐?"

서필규의 물음에 진우는 고개를 가로저었다.

"아뇨. 없습니다."

"잘됐네. 내일 오전에 나랑 어디 좀 가자."

"어딜…… 말씀입니까?"

"거야 미리 말해주면 재미없으니까 조금 이따가 내 폰으로 네 집 주소 찍어. 내일 데리러 갈 테니."

진우는 서필규의 말에 잠시 고민하다 어쩔 수 없다는 듯 고개를 끄덕였다.

"알겠습니다."

✱

"어, 옷 좀 편한 거 입고 나오랬더니 잘 입고 나왔네."

다음 날, 진우는 오전부터 자신을 데리러 온 서필규의 차에 올라탔다.

"어디 가려고 하시는 건지 여쭤봐도 되겠습니까?"

"멀리 가는 건 아니고, 여기서 한 10분만 가면 돼."

서필규는 여전히 목적지는 말해주지 않은 채 차를 출발시켰고, 진우는 더 이상 캐묻지 않았다.

서필규의 말대로 얼마 움직이지 않아 목적지로 보이는 건물의 주차장으로 차가 들어섰고, 차가 멈춰서자 두 사람은 차에서 내렸다.

서필규는 차에서 내려 멀뚱히 서 있는 진우를 향해 입을 열었다.

"좀 도와."

서필규의 말에 진우는 재빠르게 트렁크 쪽으로 다가갔고, 트렁크 문이 열리자 서필규는 커다란 골프채 가방을 꺼내 진우에게 건넸다.

"무거우니까 조심하고, 가자."

두 사람이 온 곳은 스크린 골프 연습장이었는데 2년 전부터 하나둘 생기기 시작해 최근 유행하기 시작한 곳이었다.

서필규는 익숙한 듯 앞장서서 카운터로 가더니 지갑을

꺼내 요금을 내기 시작했다.

"골프채 대여도 됩니까?"

"네. 됩니다."

"오, 그럼 여기 초보가 치기 좋은 골프채 좀 빌려주세요."

직원과 한참 말을 하던 서필규는 진우를 바라보고는 들어가자는 듯 손짓을 했다.

"골프는 처음이지?"

"네."

이전 삶에서도 진우의 동기들은 주말마다 같이 골프를 치러 간다거나, 일과 시간에도 서로 골프에 관해 얘기를 하며 어울렸지만, 진우는 전혀 관심이 없었다.

"너도 뭐 골프에 대해 이상하게 생각하고 그러는 건 아니지?"

"좀…… 그런 건 있습니다."

"왜?"

"아무래도 이게 골프를 매개로 사건 관계인들의 접대를 받는 얘기를 많이 접하다 보니……."

진우의 말에 서필규는 고개를 끄덕였다.

"확실히 그런 사건들이 왕왕 있긴 한데, 우리 같은 책상물림들한테는 골프만 한 운동도 없어. 네가 말한 접대는 나도 저 양반들 왜 저러나 싶긴 한데 말이야. 우리 거의 주 6일을 일하고 하루 운동할 시간 생기는 건데, 운동도 하면

서 후배나 선배들과 친목 도모도 하기에는 골프만 한 게 없단 말이지. 사교 스포츠로 아주 좋아. 앞으로 주말마다 나랑 골프나 연습하자."

"네. 알겠습니다."

진우는 새로운 취미 생활 겸 서필규의 말마따나 사교 활동으로 나쁘지 않다고 생각했다.

한참 진우가 서필규에게 골프를 배워 나가고 있을 때 서필규는 스윙 자세를 연습하는 진우를 바라보며 입을 열었다.

"앞으로는 경찰에서 불기소 의견으로 송치된 것들은 네가 처리해."

스윙 자세를 연습하던 진우는 골프채를 내려두고는 놀란 표정으로 서필규를 바라보았다.

"제가 아예 맡습니까?"

"왜? 자신 없어?"

서필규는 진우의 실력을 완전히 믿고 있었다.

자신마저도 자칫하면 경찰의 의견대로 그냥 넘길 수 있었던 사건을 파악한 진우의 능력을 믿은 것이다.

"자신은 있습니다."

"그럼 네가 해. 네가 수사기록 파악하고 나한테 가져오지 말고, 불기소 처분 이유서까지 작성해서 나한테 가져와."

진우는 독립 사무실이 생기고 나서야 할 수 있다고 생각했던 일들을 미리 하게 되어서 나쁠 것은 없다고 생각했다.

그리고 중요한 것은 서필규가 자신의 능력을 완전히 신뢰하고 있다는 방증이었기 때문에 기분이 영 나쁘지 않았다.

"감사합니다."

"감사는 무슨. 나도 일이 줄어서 좋은 거고, 현 검사 너도 미리 업무 요령을 늘릴 수 있어 좋은 거고. 상부상조하는 거 아니겠냐?"

서필규의 입장에서도 나쁜 것은 아니었다.

불기소 처분 이유서를 매번 자신이 작성하다 보니 일이 밀려 힘든 와중에 진우가 완벽하게 일 처리를 하는 모습을 보고는 업무를 분담해도 되겠다고 느꼈었다.

"그리고 이거 골프채도 네가 가져라. 네가 돈이 어딨겠냐?"

마치 아낌없이 퍼주는 나무처럼 자신을 향해 퍼주기 시작하는 서필규를 보며 진우는 다시 놀란 표정을 지었다.

골프를 본격적으로 시작하면 골프채니 뭐니 장비값이 들 거라 생각하고 걱정했었기 때문이다.

"비싸 보이는데 괜찮겠습니까?"

"한 3년 내 손 탄 건데. 마침 골프채를 바꾸고 싶었거든. 와이프한테 뭐라고 얘기해야 하나 고민 중이었는데, 아주 좋은 핑곗거리가 생겼네."

서필규는 그렇게 웃으며 진우를 향해 얘기했고, 진우는 고개 숙여 감사 인사를 전했다.

일주일 후.

진우는 평소보다 한 시간 일찍 출근해 수사기록을 검토하고 서필규가 위임한 불기소 이유서를 작성하고 있었다.

불기소 처분에는 무혐의를 포함해 경미한 범죄를 검사 재량으로 재판에 넘기지 않는 기소유예 등 이유를 적어 피의자와 고소인에게 보내야 했다.

얼마 전 진우가 밝혀낸 사건처럼 진짜 피해를 보고도 구제를 받지 못하는 피해자들을 위해 신중하게 처리하고, 이유서 또한 상세하게 작성해야 했다.

특히 월말은 검사들에게는 아주 바쁜 날의 연속이다.

형사부 검사들에게는 마감이라는 것이 존재했기 때문이다.

사건을 접수하고 3개월 이내에 처리하도록 규정해 둔 형사소송법을 지키기 위해 전산 장부상 빨간 점이 뜬 사건들을 처리해야 했다.

한참 불기소 이유서를 작성하고 있을 찰나, 서필규가 출근했는데 안색이 좋아 보이지 않았다.

"선배님 나오셨습니까?"

진우를 포함한 서필규 검사실 식구들이 일어서서 인사를 해도, 서필규는 대답 대신 손짓으로만 인사하고는 자신의 자리로 가서 가방을 내려놓은 후 다시 검사실 밖으로 나가려 했다.

"아! 현 검사, 나랑 같이 가자. 빨리 나와."

자신을 부르는 서필규의 목소리에 진우는 아무 말도 하지 않고, 재킷을 챙겨 입고는 서필규를 따라나섰다.

"담당 판사가 누고?"
"이창훈 부장판사입니다."

서울중앙지검 형사7부 부장검사실, 부장검사 김용환과 수석검사 주성민은 심각한 표정으로 대화를 나누고 있었다.

"기다리 봐라."

김용환은 자리에서 일어나더니 자신의 책상으로 다가가 전화기를 들고 익숙한 듯 번호를 눌렀다.

"예. 수석부장님. 중앙지검 김용환입니다. 아이고, 예예. 잘 지내시지예? 다른 게 아이고, 우리 부서 얼라가 구속영장 하나 친 게 있는데 지금 열네 시간이 넘도록 결과가 안 나오네예."

김용환은 전화기를 잠시 내려놓고는 입 모양으로 '누구?'라고 다시 한번 물었고, 주성민은 작게 대답했다.

"이창훈 부장판사입니다."

"아, 예. 수석님. 이창훈 판사라 카네예. 예예. 그래요? 어쩔 수 없지요. 예, 알겠습니다. 들어가이소!"

김용환은 조금 전 공손한 말투는 온데간데없이 신경질적으로 전화를 내려놓고는 씩씩거리며 소파에 앉았다.

"원래 오래 걸리는 사람이라고 좀 기다리란다. 수석부장판사고 나발이고 살살 기어준다고 어데 내가 지 하수인도 아이고······."

김용환은 심각한 표정으로 앉아 있는 주성민을 향해 입을 열기 시작했다.

"그래가 네가 봤을 땐 우째 될 거 같은데?"

"기각 나올 거 같습니다."

주성민의 말에 김용환은 머리가 지끈거리는지 관자놀이를 주무르기 시작했다.

"와? 니 열심히 안 했나?"

"부장님!".

"어데 소리 지르노! 인마, 열심히 했는데 와 기각이 나올 것 같은데?"

"영장 실질심사 두 시간 전에 고영주 회장은 횡령 금액을 전액 변제했다고 합니다."

"그게 기각 이유가 되겠나? 어쨌든 횡령을 저지른 건 사실 아이가? 어데 X발 회삿돈을 제 주머니에 들은 돈처럼 살살 빼 쓰다가 들키니까 다시 채워놓고 이게 말이 되나?"

김용환은 정제되지 않은 말들을 뱉어내고 있었는데, 주성민은 여전히 심각한 표정이었다.

"실질심사 도중 판사의 행동이 고영주에게 매우 호의적이었습니다. 고영주 또한 무언가 자신 있다는 눈초리로 저희를 계속 바라보았고요."

"저거 뭐고, 도박한 거는?"

"상습 도박에 대해서도 고영주는 상습 도박이 아니라는 말을 했습니다."

"야, 주 프로. 이거 우리가 3개월 매달렸다. 부른 참고인만 오십 명이 넘는다. 이거 구속영장 기각되면 수사 동력 잃는 거 알제?"

두 사람이 한참 대화를 이어나갈 때 부장검사실 문이 열리며 서필규와 진우가 들어왔다.

"어, 왔나?"

"네. 부장님, 수석님 안녕하십니까?"

서필규의 인사로 두 사람은 고개 숙여 인사를 하고는 어서 와서 앉으라는 김용환의 손짓에 두 사람은 소파에 앉았다.

"초임은 왜 데리고 왔어?"

주성민은 진우가 낄 자리가 아니라고 느낀 듯 서필규를 향해 물었다.

"내가 데리고 오라 캤다. 서 프로, 마감 다 했나?"

"예. 한두 건만 처리하면 됩니다."

"나머지 사건들 다 다른 방으로 넘기고 나랑 막내랑 주 프로한테 붙어라."

"부장님!"

김용환은 자신을 향해 주성민이 소리를 지르자 표정을 굳히고는 주성민을 바라보았다.

"인마, 이거 얼라들 앞에서 내한테 지금 소리 지르는 기가? 이쁘다 이쁘다 캤더니……."

김용환이 한참 주성민을 향해 날이 선 말을 하고 있을 때, 주성민의 휴대전화 벨 소리가 울리기 시작했고, 주성민은 자리에서 벌떡 일어나 급하게 전화기를 들어 올렸다.

"네. 정 수사관님."

주성민을 제외한 세 사람은 심각한 표정으로 주성민을 바라보았는데, 주성민은 두 눈을 감고는 한숨을 내쉬었다.

"알겠습니다. 네. 고맙습니다."

주성민은 전화를 끊자마자 크게 한숨을 내쉬고는 김용환을 바라보았다.

"구속영장 기각되었다고 법원에서 연락이 왔습니다."

순간 부장검사실은 모두가 아무 말도 하지 않은 채 정적에 빠졌다.

잠시 후, 부장검사 김용환은 모두를 바라보며 입을 열기 시작했다.

"주 검사, 이거 수사 끝난 거 아니다. 알제?"

"네. 알고 있습니다."

"필규랑 진우 너거 둘이 주 프로 도와라."

"네. 알겠습니다."

서필규가 대답하자, 진우 또한 김용환의 명령에 알겠다고 대답했다.

"구속영장 한 번 더 쳐야지? 고영주 저거 풀어 놓으면 계속해서 증거 인멸하고 증인들 포섭할 텐데, 이대로 두면 안 된다. 주 프로 알제?"

"네. 알고 있습니다."

"그래. 추가로 보강 수사하고 바로 영장 재청구하는 방향으로 하자. 하…… 차장님한테 어떻게 보고 드려야 되노……. 일단 내는 차장님 뵈러 갈 테니까 다들 나가봐라."

김용환의 축객령에 세 사람은 고개 숙여 인사하고 부장 검사실을 빠져나왔다.

"막내 너는 일단 사무실 가서 일 보고 있고. 서 검사, 나랑 좀 같이 가자."

주성민은 아직 진우를 믿지 못한다는 듯 에둘러 빠지라고 말하고 있었다.

진우는 서필규를 바라보았고, 서필규가 주성민의 말대로 하라는 듯 고개를 끄덕이자 두 사람에게 인사하고 다시 서필규 검사실로 돌아왔다.

'이게, 그 건이지.'

진우는 이 사건을 잘 알고 있었다. 이미 이전 삶의 초임 검사 시절 겪은 일이었기 때문이다.

한참 생각을 정리할 때 주성민을 따라나섰던 서필규가 방으로 돌아왔다.

"이거 한번 봐라."

서필규는 진우의 자리로 다가와 10페이지 분량의 서류를 건넸다.

"주 수석님이 수사하던 건인데 사건 개요랑 법원에서 구속영장 기각한 이유가 들어 있으니까 한번 보고 의견 있으면 내봐."

"제가 말입니까?"

"그래. 뭐, 주 수석님은 마땅찮은 눈치지만 부장님이 너도 주 수석님 밑으로 합류하라고 한 이유가 있으실 거 아니겠냐? 나도 네 능력을 알고 있고. 한번 봐보고 의견 있으면 말해."

서필규는 그렇게 말하고 자신의 자리로 돌아갔다.

'한번 볼까……'

진우는 서필규가 건넨 서류를 살피기 시작했다.

동진건설의 회장 고영주가 회사의 자금을 수년간 횡령, 배임한 사건이었는데 주성민은 몇 달을 이 사건에 매달렸고, 주변인 조사를 충분히 한 이후 고영주에 대해 구속영장을 신청한 상태였다.

구속영장이 발부되었다면 수사에 탄력을 받아 고영주의 죄를 확실히 밝혀낼 수 있었을 테지만…….

이전 삶에서는 구속영장 단계에서부터 기각당하고 동력이 떨어져 경제지들로부터 '검찰의 무리한 수사'라는 공격을 받았고, 결국 주성민은 옷을 벗게 되는 사건이었다.

'주성민에 대해서 신경을 쓰지 않은 이유가 이 사건 때문이었는데 너무 튀어도 문제였나? 이 사건을 검토하게 되네…….'

이 사건으로 인해 직속 후배인 서필규는 여러모로 충격을 받았고, 그때부터 바뀌는 계기가 되었었다.

수사 열심히 하고 능력 좋아봤자 결국엔 누구도 그를 지켜주지 않았고, 선배인 주성민은 옷을 벗었기 때문이다.

'법원의 기각 이유가 재밌네.'

한참 사건 개요와 법원이 구속영장을 기각한 이유를 보니 진우의 입장에서는 이해가 가지 않는 기각 사유였다.

'수십 년간 회삿돈을 제 돈처럼 써왔는데…….'

고영주는 수십 년간 회삿돈 200억 원가량을 자신의 돈처럼 사용해왔었다.

하지만 110억 원가량을 갚았고, 90억 원의 횡령 건에 대해서는 증거가 부족하다는 이유로 구속영장을 기각한 상태였다.

중요한 건 영장 심사 두 시간 전에 갚았다는 건데, 진우가 보기에는 구속을 피하기 위한 행위였다.

더불어 상습 도박 혐의도 있었다. 횡령한 돈 5억 원가량을 해외 카지노에서 사용한 정황도 있었다.

진우는 한참 서류를 읽어 내려가다 생각에 빠졌다.

'이거 정공법으로 가면 결국 이전 삶이랑 똑같이 주성민은 옷을 벗게 된다.'

진우가 고민하는 것은 한 가지였다.

이전 삶처럼 흘러가게 둘 것인가 아니면, 진우가 개입해 주성민까지 같이 갈 것이냐에 대한 고민이었다.

진우는 고개를 돌려 서필규를 바라보았는데, 서필규도 나름 이 사건에 힘을 보태고 싶은지 진지한 표정으로 사건에 대해 살피는 듯했다.

'아휴, 그래 이번 삶에는 필규 선배가 내 덕도 좀 봐야지. 주 검사님도 그렇게 못난 사람은 아니고 말이야.'

주성민이 만약 이전과 다르게 살아남는다면 분명 진우에게 도움 될 사람이었다.

결함이 한 가지 있었지만, 진우는 그 결함마저 주성민의 뛰어난 능력으로 이겨낼 수 있으리라고 봤다.

이전 삶의 자신과 결이 같은 사람이었으니까.

그렇게 생각을 정리한 진우는 휴대전화를 꺼내 메시지를 보내기 시작했다.

[남 검사, 나 현진우야. 바빠? 혹시 우리 동기 중 서울에서 변호사 업무 하고 있는 친구, 번호 좀 알 수 있을까?]

검사 임관식 날 만난 동기인 남경진에게 문자 메시지를 보내자 잠시 후 답장이 왔다.

[어, 진우야. 나는 요즘 죽을 거 같다. 번호 하나 따로 보낼게. 이거 우리 동기 중에 법무법인 성진 간 조대성 변호야.]
[고맙다. 나중에 밥 살게.]
[연락이나 자주 해.]

남경진이 보내준 번호가 도착하자 진우는 자리에서 일어나 검사실 한편에 있는 영상 진술 녹화실로 들어갔다.
검사실마다 있는 영상 진술 녹화실은 이름 지어진 용도보다는 조용한 사무실 분위기를 헤치지 않기 위해 전화를 하는 용도로 더 많이 쓰였다.
진우는 남경진이 보낸 번호를 입력하고 작게 한숨을 내쉬고는 통화 버튼을 눌렀다.
-여보세요?
통화 연결음이 흐른 지 얼마 되지 않아 상대는 전화를 받았다.
"대성아, 오랜만이다. 나 현진우야. 잘 지내지?"

-누구? 현진우? 연수원 37기?

"그래."

-이야, 이게 무슨 일이야.

조대성은 놀랍다는 반응이었는데 진우는 당연한 반응이라고 생각하고는 입을 열었다.

"잘 지내지?"

-나야 늘 똑같지. 보자, 연수원 졸업하고 3년 만인가? 너한테 전화도 받아보고 신기하다야. 경진이한테 검사 임관식에서 만났다는 얘기는 들었다.

수화기 너머의 상대는 연수원 동기인 조대성이었는데 진우가 먼저 전화하자 신기하다는 듯 대꾸해 왔다.

그도 그럴 것이 진우는 연수원 시절부터 남에게 살갑게 대하는 유형의 사람은 아니었기 때문이다.

"혹시, 뭐 좀 도와줄 수 있어?"

-하하, 진짜로 해가 서쪽에서 뜨려나? 현진우가 나한테 부탁을 한다고? 그래, 들어나 보자. 뭔데?

"그 왜 작년에 서울지방변호사회에서 법관 평가한 자료 있잖아."

-어? 어어, 그래. 생각난다.

"그거 변호사회 소속 변호사들은 실명을 볼 수 있지?"

-글쎄, 좀 알아봐야 할 것 같은데. 왜 누구 평가 자료 필요하냐?

"서울중앙지법 이창훈 부장판사에 대해서 잘 알아?"

-이창훈? 형사9부 판사였나? 그 사람 말하는 거냐?

"어. 지금은 영장전담판사 됐어. 이창훈 부장판사"

-야, 말도 마. 나 지금 겨우 2년 차 변호인데 변호사들 사이에서도 유명하다. 기수로 내리찍는 판사야. 선배들한테 들어보면 변호인한테 대뜸 연수원 기수 물어오면서 기를 꺾어온다는데……. 참! 그래서 이창훈 판사에 대한 법관 평가 자료가 필요하다는 거지?

"그래. 좀 알아봐 줄 수 있겠어?"

-현진우가 나한테 처음으로 부탁한 건데 들어줘야지. 너도 나중에 내 부탁 하나 들어주는 거다. 어때?

"대신 내가 술 살게."

-하하하, 곤란한가 봐? 알겠어. 현진우가 사는 술이면 비싼 술이긴 하지. 30분 안에 메시지 보낼게.

"정말 고맙다. 기다릴게."

진우는 그렇게 전화를 마치고 자신의 자리로 돌아가 대충 대응 방향에 대해 생각하기 시작했다.

책상 위에 손가락을 굴리며 생각을 정리해 나가고 있을 때 휴대전화가 울리기 시작했고, 진우는 재빠르게 화면을 조작해 메시지를 띄웠다.

[이창훈 판사. 자질과 품위 63점, 공정성 60점, 사건처리

태도 45점, 평균 56점. 법관 평가 중 최하점 그룹. 평소 예의 없는 언행으로 망신, 면박을 주는 판사로 알려져 있음.]

'역시. 평가가 좋을 리가 없지.'

2009년도에는 역사상 처음으로 변호사들이 법관을 평가하는 자료를 만들어 대법원에 전달했었다.

진우는 지금 그 법관 평가에 대한 자료까지 섞어 법원을 압박할 방법에 대해 생각했다.

이전 삶에서 주성민은 영장 재청구를 했지만, 그 또한 기각을 당했었다.

'이대로 가다간 이전이랑 다를 건 없을 거야. 여론을 움직여 법원을 압박해야 한다.'

생각을 정리한 진우는 자리에서 일어나 서필규에게 다가갔다.

"어, 그래. 뭐 좀 떠오른 게 있어?"

서필규의 물음에 진우는 자신이 있다는 표정으로 입을 열었다.

"주성민 검사님과 같이 얘기해 봤으면 합니다."

CHAPTER 3

 서울중앙지검 형사7부 소속 검사인 주성민은 쉽사리 흥분을 가라앉히지 못하고 있었다.
 "검사님, 진정하시지요."
 "내가 지금 진정하게 생겼습니까!"
 오랫동안 자신을 보좌해온 담당 수사관의 말에 버럭 소리를 지른 주성민은 순간 자신의 잘못을 느낀 듯 수사관을 향해 한 손을 들어 올리며 미안하다는 표정을 지었다.
 "수사관님, 미안합니다. 내가 잠시 정신이 없었습니다. 지금은 혼자 생각 좀 하게 해주시겠습니까?"
 주성민의 말에 수사관은 어쩔 수 없다는 듯 고개 숙여 인사하고는 자리를 떠났다.
 지난 3개월간 동진건설의 회장 고영주를 잡기 위해 달려왔다.

참고인 조사차 부른 인물만 수십 명이었고, 금감원, 국세청 등 여러 단체에서 조사관들이 파견 나와 이 일에만 매달렸었다.

물론 구속영장이 기각되었다고 해서 고영주의 죄가 사라지는 것은 아니지만, 벌써 언론들은 검찰의 무리한 수사가 아니었냐며 공격해 오고 있었다.

부장검사가 해왔던 말처럼 수사의 동력이 떨어질 수 있는 상황이었다.

주성민이 한참 향후 수사 방향에 대해 생각을 정리해 나가고 있을 때 검사실 문이 열리고 서필규와 진우가 들어왔다.

"선배님, 저희 왔습니다."

서필규가 부르자 주성민은 잠시 두 사람을 바라보다 자리에 앉으며 입을 열기 시작했다.

"쟤는 왜 데리고 왔어?"

여전히 진우를 보고 기꺼워하지 않는 태도와 말투로 주성민이 말해오자 서필규는 특유의 살가운 말투로 주성민에게 다가갔다.

"선배님, 저 녀석 능력 있는 놈입니다. 이번 사건 후속 대응에 대해 할 말이 있다고 해서 데리고 왔습니다."

"이제 초임 단 지 두 달 지난 애한테 너도 그렇고 부장님도 뭘 그렇게 기대들을 하는 거야?"

"선배님, 제가 어디 빈말하는 거 보셨습니까? 얘기나 한

번 들어보셨으면 합니다."

서필규의 말에 주성민은 어쩔 수 없다는 듯 진우를 바라보았다.

이 검찰청 내에서 주성민에게 살갑게 대해오는 존재는 서필규가 유일했고, 주성민은 서필규의 능력도 인정하고 있었다.

진우는 주성민의 행동이 어쩌면 당연하다고 생각하고 이해하고 있었다. 자신도 튀려고 하는 후배 검사들을 좋게 보진 않았으니까.

"뭐, 밥 잘 시키고 선배들한테 알랑거린다고 인정받을 수 있다고 생각하지 마라. 부장검사나 부부장검사는 그런 거 잘하면 좋은 검사가 된다고 말하지만, 나는 그렇게 생각하지 않는다."

"선배님……."

자신을 향해 제발 부탁이라는 눈빛과 말투로 말해오는 서필규의 행동에 주성민은 작게 한숨을 내쉬고는 진우를 바라보았다.

"한번 들어나 보자."

진우는 주성민의 허락이 떨어지자 기다렸다는 듯 입을 열기 시작했다.

"혹시 두 분 선배님들께서는 고영주에 대한 구속영장이 기각되었다는 소식을 듣고 어떤 생각이 나셨습니까?"

"그야, 우리 입장에서는 판사가 미쳤나 싶지. 이런 말은 좀 그렇지만 판사가 돈 받아먹었나 싶기도 하고……."

서필규는 조심스레 자신의 의견을 말해왔고, 진우는 원하는 답이라는 듯 고개를 끄덕이며 두 사람을 바라보았다.

"수사 방향도 틀리지 않았고, 고영주의 피의사실 또한 모두 소명되었다고 저는 봤습니다. 특히 횡령 배임 금액을 모두 변제하였다고 하더라도 5억 원가량을 해외 카지노에서 사용했다는 것은 상습 도박으로 봐야 합니다."

"나도 그게 제일 문제인 것 같다."

주성민은 처음으로 진우의 의견에 동의한다는 듯 얘기해 왔다.

"고영주에 비하면 적은 금액인 1억을 해외 카지노에서 사용한 사람도 상습 도박 혐의로 구속되었거든. 거기다가 휴대전화 기록 삭제도 했으니 증거 인멸이나 다름없고."

"네. 그 부분도 그렇고 회삿돈을 자신의 개인 자금처럼 썼다는 부분도 그렇습니다. 횡령한 돈을 모두 변제 처리했을 때 구속영장이 기각되는 것은 횡령 금액이 1,200만 원일 때나 해당하는 얘기지, 110억 원은 너무 큰 돈입니다. 죄질이 몹시 나쁘고요."

"그래서 모두 아는 얘기는 이제 그만하고, 네가 하고 싶은 말이 뭐야?"

주성민이 슬슬 본론을 말해보라는 듯 얘기하자 진우는

고개를 끄덕이고는 서필규를 바라보았다.

"말씀하신 대로 고영주가 휴대전화 기록을 삭제하는 등 증거 인멸을 해나가고 있다는 것을 영장 재청구 때 포함하고, 이번에 증거가 부족하다는 말을 들은 90억 원에 대해서는 추가 보강 수사를 해야 할 것 같습니다."

"그게 다냐?"

주성민은 피식 웃으며 진우에게 말해왔다.

"이봐, 현 검사. 네가 아는데 내가 모를 거라 생각한 건 아니지? 얘기 다 했으면 가 봐."

"한 가지 더 있습니다."

주성민이 자리에서 일어나려 하자 진우는 숨겨뒀던 말을 하기 시작했다.

"아까 서 검사님께서 판사가 돈을 받은 거 아니냐는 생각이 들 정도라고 하셨는데, 다른 사람들 또한 그런 생각을 할 수 있도록 여론전을 해야 합니다."

"여론전?"

방금까지 일어나려 했던 주성민 흥미롭다는 눈초리로 진우를 바라보았다.

"네. 국민이 이 사건에 관심을 두게 만들어 법원을 압박해야 합니다. 이거 제가 적어 본 것인데 한번 봐주시겠습니까?"

다음 날, 서울중앙지검 기자실은 평소와 다름없었다.

아침 일찍부터 여러 부서의 사건 브리핑이 반복되었고, 기자들은 열심히 보도 자료를 배포해 나가고 있었다.

"오늘은 뭐, 큰 건이 없네."

"그러게 말이야. 월말 마감이라 보도할 건 많아서 좋은데. 임팩트가 딱 있는 게 없네."

기자들은 형사부의 월말 마감에 맞춰 발표된 사건들이 본인들의 입맛에 맞지 않는다는 듯한 얘기를 나누고 있었다.

그때, 한 기자가 헐레벌떡 기자실 내에 자신의 자리로 들어와 기사를 작성하기 시작했다.

"야, 김 기자. 뭔데 그렇게 헐레벌떡 뛰어들어 와? 같이 좀 쓰자."

동료 기자가 그렇게 묻자 김 기자는 뒤를 돌아보며 숨을 고르고는 입을 열었다.

"그 형사7부 주성민 검사 알지?"

"주성민이 누구야?"

"그 왜 이번에 고영주 잡으려다가 구속영장 기각당한 검사."

"아아, 그래. 그 형사7부 에이스라던?"

"그래. 오늘 이프로스에 글을 하나 올렸는데 방금 다른 검사랑 밥 먹다가 보여주길래 슬쩍 봤는데 대박이야."

"이프로스? 검찰 내부 인트라넷?"

김 기자의 말에 다른 기자는 흥미가 돈다는 듯 의자에 널브러져 있던 자세를 바로 하고는 입을 열었다.

"왜? 뭔데? 좀 같이 알자."

"한 번만 읽어줄 거니까 잘 받아적어."

김 기자가 그렇게 말하자 기자실은 순식간에 정적에 휩싸였다.

알게 모르게 두 사람의 대화를 듣고 있던 기자들이 많았던 모양이다.

다들 숨죽여 김 기자가 말해줄 내용을 받아 적을 준비를 하기 시작했다.

"선배, 동료, 후배 검사 여러분 안녕하십니까? 형사7부 검사 주성민입니다."

김 기자가 그렇게 운을 떼자 기자실에 있는 기자들은 모두 받아 적기 시작했다.

"지금으로부터 22년 전 탈주범 지강헌이 이런 얘기를 한 적이 있습니다. '유전무죄, 무전유죄'. 검사인 제가 일개 범죄자의 말을 인용한다는 것이 송구스럽습니다. 하지만 22년이 지난 지금도 그때와 전혀 달라진 것이 없는 현실에 개탄하며 이 글을 적습니다."

기자들은 처음부터 강한 수위의 발언에 놀랐다. 하지만

이내 누가 먼저 할 것 없이 그대로 받아 적기 시작했다.

검찰이 사법부의 판단에 반발하는 것은 언제나 뜨거운 논란을 불러일으키는, 말 그대로 흥행이 보장된 기사였다.

"한 중견기업의 회장은 3년간 회사의 자금을 자기 주머니에 든 돈처럼 마음껏 빼다 썼습니다. 그 규모가 200억 원을 넘어갑니다. 일반 서민들은 꿈도 꿀 수 없는 금액입니다."

"누구 말하는 거야?"

한 기자가 말을 끊자 모두가 그 기자를 노려보았는데, 모두의 시선을 받은 기자는 헛기침을 하며 입을 다물었다.

"한데 법원은 무려 구속영장실질심사 두 시간 전 횡령, 배임한 금액을 변제했다는 이유만으로 법원에서는 그 부분을 참작하여 구속영장을 기각했습니다. 장기간에 걸쳐 무려 200억 원이라는 돈을 횡령하더라도, 돈이 많은 사람이면 구속을 면할 수 있는 현실입니다."

김 기자는 잠시 숨을 고르고는 계속해서 주성민이 쓴 글을 읽어 내려갔다.

"2010년 1월, 1억 원의 돈을 해외 카지노에서 사용한 한 사람은 상습 도박이라는 죄목하에 구속기소 된 적이 있습니다. 하지만 2010년 4월 한 중견기업의 회장은 5억 원의 거액을 해외 카지노에서 도박 자금으로 사용했음에도 구속영장이 기각되었습니다."

기자실에는 주성민의 글을 받아 적는 키보드 소리만이 들려왔다.

"수많은 피의자가 휴대전화의 통화 기록 하나만 삭제해도 모두가 아시듯이 증거 인멸의 우려가 있다며 구속영장이 발부됩니다. 증거 인멸은 영장 발부 요인 중 도주 우려와 함께 가장 중요하게 판단되는 부분입니다. 한데 한 중견기업의 회장의 구속영장은 기각되었습니다."

이쯤 되니 기자들은 주성민이 누구를 말하는지 알 것 같았다.

"이 모든 일이 한 사람의 구속영장실질심사에서 나온 일입니다."

"이거 동진건설 고영주 얘기지?"

한 기자가 그렇게 묻자 김 기자는 대답 대신 고개를 끄덕였다.

"존경하는 검찰 가족 여러분, 검찰이 할 일은 구속수사가 목표가 아니라는 말을 사법연수원 때 들으셨을 겁니다. 죄지은 사람을 기소해서 법의 심판대 앞에 세워 유죄를 받게 하는 것이 우리 검찰의 할 일이라는 점 저도 잘 알고 있습니다. 다만, 법 앞에서는 모두가 평등해야 한다는 기본 가치는 지켜져야 합니다. 만에 하나 누군가 돈이 많다는 이유만으로 교묘하게 법망을 빠져나가 선처를 받을 수 있다면, 평생 법 하나에 의지하며 살아오는 소시민들은 이제 어디에 의지해야 합니까?"

어느새 기자들은 받아 적기를 멈추고는 주성민의 글에 공감한다는 듯 고개를 끄덕이고 있었다.

"그럼에도 불구하고 저는 검사로서 부여받은 범죄로부터 내 이웃과 공동체를 지키겠다는 막중한 사명을 다시 한번 맘속으로 되뇌며 쓰러지지 않고 다시 일어서려 합니다. 검찰 가족 여러분께서 제가 가는 길을 응원해 주셨으면 합니다. 2010년 4월 29일, 형사7부 검사 주성민."

"이프로스 반응은 어때?"

"말도 마. 평검사들부터 수사관, 일반 검찰 공무원들까지 다들 주 검사를 지지한다며 난리야."

김 기자가 전해준 이프로스 내부 분위기에 기자들은 재빠르게 다시 기사를 쓰기 시작했다.

"이거 왜 기각 난 거야?"

"담당 판사는 누구지?"

"검사장급은 아직 아무런 반응 없고?"

서울중앙지검 출입 기자들은 서로 질문과 답을 주고받으며 또, 손을 재빠르게 놀리며 서로 경쟁하듯 기사를 송고하기 시작했다.

다음 날, 서울중앙지검 제1차장검사실.

"예예. 예, 총장님. 아닙니다. 일이 이렇게 커질 줄 몰랐나 봅니다."

1차장검사 이현우는 공손한 자세로 걸려온 전화를 받고 있었고, 소파에 앉아 그 모습을 지켜보는 형사7부 부장검사 김용환은 안절부절못하고 있었다.

"예. 알겠습니다. 들어가십시오."

이내 전화를 내려놓은 이현우는 크게 한숨을 내쉬며 김용환을 바라보았다.

"총장님께서는 일단 별말 없으셨어. 애초에 총장 본인이 기업 비리 척결하라고 탑다운으로 내리꽂으셨기도 하고 말이야. 뭐, 평검사들 잘 위로해 주란 말씀밖에 안 하시는데? 주성민이 불렀어?"

"예. 불렀습니다."

"왜 그랬대?"

차장검사 이현우의 물음에 김용환은 작게 한숨을 내쉬었다.

"주 검사 글마가 석 달을 이 사건에 매달렸습니다. 부른 참고인만 수십 명이라예. 구속영장 신청하신 거 차장님도 보셨으니 아시겠지만, 어데 저게 기각 나올 겁니까? 다른

CHAPTER 3 133

사람이었으면 진즉에 구속됐지요."

"그건 그런데 말이야……."

"그리고 우리 검찰 내부망에 올린 긴데 기자들이 자기들 멋대로 기사화한 거지요."

"법원에서는 공식적으로 우리한테 항의한다는 움직임이던데 그 법관 평가는 우리가 흘린 거 아니지?"

전날 주성민이 검찰 내부망인 이프로스에 올린 글이 기자들의 이목을 끌었고, 기사화가 되자마자 여론 또한 뜨겁게 끓어올랐다.

그러다 보니, 후속 기사로 주성민이 말한 사건이 어떤 사건인지 또 담당 판사는 누구인지 같은 후속 보도들이 나오며 담당 판사와 고영주는 곤욕을 치르고 있었다.

"법관 평가는 우리가 알 수가 없지요. 애초에 외부에 공개될 때는 A, B, C, D 같은 이니셜로 발표가 되는데 영장 기각한 판사의 평가를 우리가 우째 알겠습니까?"

"그래. 우리 쪽에서 흘러나간 것만 아니면 돼. 자네도 주 검사 너무 쪼지 마. 얼마나 힘들었으면 그랬겠어?"

"아휴, 차장님. 말도 마십시오. 오늘 출근해가 한 소리 할라다가 참았습니다. 주 검사 글마는 지가 우리랑은 결이 다른 줄 압니다. 아무리 그래도 그렇지, 그런 글 올리려거든 내한테 먼저 말해야지요."

두 사람이 한참 대화를 나누고 있을 때 차장검사실 문이 열리며 주성민이 들어왔다.

"차장님, 부장님. 부르셨습니까."

"그래. 주 검사 여기 와서 앉아."

이현우의 말에 주성민은 고개 숙여 인사하고는 자리에 가서 앉았다.

"주 검사! 아주 잘했어. 자네 아니었으면 내가 들이받았을 거야."

이현우는 주성민을 위로해 주라는 검찰총장의 말에 따르려는 듯 주성민의 행동을 칭찬했다.

주성민의 반대편에 앉아 있는 김용환은 혹시 차장검사의 말에 주성민이 예의를 지키지 않을까 마음이 조마조마했다.

"죄송합니다. 어디 마음을 털어놓을 곳이 없어 내부망에 올렸던 것인데, 제가 너무 세상 물정 모르고 날뛰었던 것 같습니다."

주성민은 그렇게 말하며 김용환을 바라보았다.

"부장님, 죄송합니다. 먼저 말씀드려야 했는데……."

"어? 어…… 그래, 인마야. 그런 건 좀 내한테 먼저 말해 줬으면 좀 좋나?"

김용환은 당황스러운 표정을 금세 지우고는 주성민을 닦달하기 시작했다.

"이 친구야, 주 프로가 미안하다고 하잖아. 자네도 그만해. 그래, 주 프로 수사는 계속해야지?"

"당연합니다. 겨우 구속영장 기각된 것으로 고영주의 피의사실이 사라지는 것은 아니니까요."

"영장 재청구할 예정인가?"

"네. 부장님께서 제 밑으로 검사 두 명을 붙여주셨습니다. 이번에 인정받지 못한 80억 원의 횡령 액에 대해 추가 조사를 하고, 영장 재청구할 방침입니다."

"두 명으로 괜찮나? 자네도 알겠지만, 속도가 생명이야. 고영주 저렇게 오래 풀어뒀다간 증거고 뭐고 싹 다 인멸할 텐데."

"예, 괜찮습니다. 둘 다 능력 있는 후배들입니다. 말씀하신 부분이 걱정되긴 하지만 좀 더 노력해 보겠습니다."

주성민의 말에 이현우 차장검사는 고개를 끄덕이며 주성민을 바라보았다.

"자네도 알다시피 이번에 법원을 들이받은 바람에 다음 영장 청구가 기각되면……."

이현우 차장검사는 말을 하다 말고는 목을 손으로 긋는 시늉을 했다.

"여론이 지금은 우리 편일 수 있다만, 두 번째 기각되면 정말 죄가 없나? 하고 생각할 수 있단 이 말이야. 알지? 그렇게 되면 자네도 앞으로 힘들어져."

"네. 알고 있습니다."

검찰청
망나니

"그래. 뭐, 내가 도울 건 없고?"

이현우 차장검사의 물음에 주성민은 재킷 속 주머니에서 문서 하나를 꺼내 이현우에게 건넸다.

"아오! 씨, 일에 집중이 안 되네."

서필규는 무언가에 정신이 팔린 듯 투덜거리며 진우를 바라보았다.

"현 검사, 이리 와봐."

진우는 서필규가 자신을 부르자 자리에서 일어나 그의 곁으로 다가갔다.

"어떨 거 같아?"

서필규는 최태섭과 오선아가 들을까 조용한 목소리로 진우를 향해 물어왔다.

"주 수석님 말이야. 그…… 잘하시겠지?"

"잘하시지 않을까요?"

"아니, 너는 잘 모르겠지만, 내가 지난 1년 동안 주 수석님을 모셔보니까 타협을 잘 안 하시는 성격이야."

진우는 서필규의 걱정이 이해가 됐다.

차장검사를 설득하러 올라갔는데 거기서 또 주성민이 성질을 참지 못하고 들이받아 버린다면 될 일도 안 되기 때문이다.

"걱정하지 않으셔도 될 것 같습니다."

진우는 걱정하지 않았다.

어쩌면 자신이 주성민과 같은 삶을 살았었기 때문에 그를 가장 잘 이해하는 사람은 본인일 것이다.

"제가 주성민 검사님에 대해 잘 알지는 못하지만……."

"괜찮아. 망설이지 말고 얘기해 봐."

"수사를 위해서 뭐든 할 수 있는 사람은……."

진우는 조심스럽게 말을 이어나가기 시작했다.

"수사를 위해서 선배에게 들이받을 수 있는 사람은 그 반대도 할 수 있습니다. 조금 더럽고 아니꼬워도 수사에 도움이 된다면 잠깐 고개를 숙이는 것 정도는 아무것도 아닐 겁니다."

진우가 그렇게 말하자 서필규는 입을 꾹 다물고 생각에 잠겼다.

이내 생각이 정리된 것인지 서필규는 고개를 끄덕이며 살짝 웃었다.

"그래, 내가 그런 말이 듣고 싶었던 거 같다. 아우! 이제 좀 머리가 맑아지는 것 같네. 현 검사, 너 말 잘한다?"

서필규의 칭찬에 진우는 씩 웃음을 지었다.

"그래, 주 수석님이 그래도 검사 짬밥이 있는데 여기까지 괜히 올라온 게 아닐 거야. 그치?"

"네. 누구보다 이 사건에 애정을 가지고 계시니까요. 지름길이 있다면 그 길을 선택할 겁니다."

"너 진짜 신기한 놈이네. 이런 거 어디서 배웠냐?"

서필규의 질문에 진우가 어떻게 대답을 해야 할지 망설이고 있을 그때, 서필규 검사실의 문이 열렸다.

진우와 서필규는 누가 먼저랄 것도 없이 열린 문을 바라보았는데 그곳에는 주성민이 서 있었다.

"선배님."

서필규가 주성민을 부르자 주성민은 대답 대신 따라오라는 듯 서필규를 향해 손가락을 까딱거렸다.

그리고 주성민의 시선은 진우를 향했는데 한참 눈을 마주치고 가만히 있던 주성민은 진우를 향해서도 따라오라는 사인을 보냈다.

"가자. 너도 부르시잖아."

서필규는 결과를 알지도 못하면서 뭐가 그리 신났는지 진우를 밀며 주성민을 따라나섰다.

서필규 검사실 바로 옆에 있는 회의실로 들어간 세 사람은 한동안 아무 말이 없었다.

주성민은 창밖을 바라보며 생각을 정리하는 듯했고, 진

우와 서필규는 그런 주성민을 바라보며 서 있었다.
"현진우."
"네. 선배님."
"차장검사님께서는 일단 지검장님한테 보고드리기로 했다. 그리고 지검장님은 검찰총장님께 보고하시겠지."
주성민은 뒤로 돌아서 진우를 빤히 바라보았다.
"이제 말해봐. 총장님께서 이 일을 허락할 거라고 한 이유를 말이다. 아무리 생각해 봐도 이미 질렀으니 도와줄 거라는 네 생각은 납득이 가지 않거든."
주성민은 자리에 앉으며 진우를 바라보았다.
"두 사람도 앉지."
주성민의 말에 서필규와 진우는 주성민의 맞은편에 자리했다.
"네가 말한 대로 이미 질렀으니까 도와준다는 말. 처음엔 나도 '그렇지 않을까?' 하는 생각이 들었어. 이미 언론에 질러놨으니 고위직 양반들도 수습을 하긴 하겠지라는 생각이 들었거든."
전날 진우는 주성민에게 한 발 더 나가는 것을 제의했다.
언론에 흘려서 여론전을 개시하고 판을 좀 더 키우기 위해 차장검사가 기자회견을 한다면 확실하게 법원을 압박할 수 있다고 말이다.
"그런데 차장님과 얘기를 나누고 나오는데, 너무 모든

게 스무스하게 처리되는 느낌을 받았단 말이지. 그리고 거기서 느꼈다. 너는 뭔가를 더 알고 있다고 말이다."

"선배님, 정말 그 이유가 다입니다."

진우는 그렇게 얘기하며 주성민과 눈을 마주 보았다.

"물론, 제가 그런 판단을 하게 된 데에는 총장님의 성향도 한몫했습니다."

"총장님의 성향?"

"선배님께서 모든 일이 순조롭게 흘렀다고 하셨으니 아마도 차장검사님께서는 혼내시기보다는 위로해 주셨겠지요."

"맞아. 정확해. 잘했다고 칭찬도 해주셨지."

"네. 아마도 총장님의 생각이었을 겁니다. 총장님은 우리 형사부 검사들의 마음을 이해하시는 분이니까요."

진우의 말에 주성민은 생각에 잠긴 듯 아무 말이 없었고, 이내 진우의 말뜻을 이해한듯했다.

"형사부 출신의 검찰총장."

주성민의 입에서 이유가 나오자, 서필규는 손가락을 튕기며 진우를 바라보았다.

"네. 특수통도 공안통도 아닌 형사부 출신의 검찰총장의 존재. 그게 이 사건을 키워 나간 이유입니다."

검찰총장이 되는 엘리트 코스는 흔히 말하는 특수통과 공안통 두 가지였다.

특수 검사와 공안 검사들은 경찰서에서 올라오는 수사

를 하지 않았다.

사건의 첩보를 가지고 인지 수사와 기획 수사를 하는 부서였다.

검사장 승진 면면들을 보면 전부 특수통이니 기획통이니 공안통이니 하는 사람들의 차지였다.

"형사부 출신의 총장께서는 누구보다 형사부 검사들의 면을 세워주시는 행보를 보여주셨습니다."

"그렇지. 특히 형사부 우수 검사 포상 제도를 만드셨으니까."

진우의 말에 옆에서 서필규가 거들어왔고, 주성민은 진우를 바라보며 입을 열었다.

"왜 처음부터 얘기하지 않았지?"

"하나의 조건이었을 뿐입니다. 이유의 이유라고 해야 할까요?"

진우는 확신에 찬 눈빛으로 주성민을 보며 입을 열었다.

"형사부 검사 하나가 법원의 결정에 반기를 드는 글을 내부망에 올렸고 여론이 타올랐다. 그럼 고위직에 계신 선배들은 하나를 택할 겁니다. '여론도 호의적이고 평검사가 질렀는데 간부들이 돕지 않으면 안 된다'라는 조직의 풍토 말입니다."

"그런 선택을 할 것으로 생각하게 만드는 조건이 형사부 출신 검찰총장의 존재이다. 재밌네."

주성민은 고개를 주억이며 진우를 바라보았다.

"그럼 그 이창훈 판사에 대한 법관 평가는 어디서 구했어?"

"변호사 동기에게 구했습니다."

"너 머리 좋은 놈이구나? 법관 평가가 일어난 사실이었다고 하더라도 그걸 이런 알력 싸움에 써먹을 거라고 누가 생각하겠어?"

주성민은 현진우라는 초임검사가 흥미로웠다.

모든 게 진우가 짠 판대로 돌아가고 있으니까.

"지금 네 모습을 특수부 부장검사들이 알았다면 앞다퉈서 너를 데리고 가고 싶어 했을 거다. 초임 때부터 기획 잘하는 놈 별로 없거든. 아니, 네가 유일할 거 같네."

주성민은 에둘러 진우를 향해 칭찬을 해오고 있었다.

"법관 평가는 조금 조심해야 합니다. 우리가 흘렸다는 얘기가 나오면 오히려 곤란해집니다."

"아, 그건 걱정하지 마. 동기 중에 기자가 있는데 믿을 만한 놈이니까."

진우가 걱정하자 주성민은 걱정하지 말라는 듯 얘기해왔다.

"그럼 이제 우리가 해야 할 일은 뭐지?"

주성민이 묻자 진우는 당연하다는 표정으로 입을 열기 시작했다.

"여론, 검찰 내부 분위기가 모두 우리의 편입니다. 그럼 우리는 확실하게 고영주를 저기 서울구치소로 보내는 일에만 열중하면 될 것 같습니다."

"좋아. 서 검사랑 현 검사. 둘 다 당분간 나한테 붙어."

주성민은 그렇게 말하며 자리에서 일어나 진우의 앞으로 다가왔다.

"잘했다. 그리고 고맙다."

주성민은 진우의 어깨를 한 번 짚은 후 회의실을 빠져나갔고, 서필규 또한 잘했다는 듯 등을 두드려 주고는 회의실을 빠져나갔다.

"뭐, 인정받는 것도 나쁘진 않네."

진우는 피식 웃으며 작게 혼잣말을 내뱉고는 두 사람을 따라나섰다.

「서울중앙지검 이현우 1차장검사는 최근 동진건설 고영주 회장의 구속영장이 법원의 판단으로 기각된 것은 현대판 '무전 유죄, 유전 무죄'라며 법원 판단에 반발하는 성명을 발표했습니다. 한편 법원은 이 사안에 대해 공식적인 논평을 삼가면서도 불편한 심기를 감추지 못했습니다.」

"됐어. 정치권도 이 건을 물었네."

사흘 후, 주성민은 보고 있던 신문을 테이블 위로 던지며 계속해서 말을 이어나갔다.

"여론은 확실히 우리 편으로 돌아섰다."

거액을 횡령한 기업인의 무죄.

여론을 달구기에는 충분한 소재였다. 여론이 끓어오르기 시작하니 당연히 국회에서도 이 건에 대해 논평을 내놓기 시작했다.

"법원에 대한 압박은 이제 충분한 거 같은데. 어때?"

주성민의 물음에 진우는 고개를 끄덕이며 입을 열었다.

"네. 이제 남은 건 영장 재청구입니다."

"좋아."

주성민은 그렇게 대답을 하고는 휴대전화를 꺼내 들었다.

"네, 수사관님. 오늘 투입될 수사관 전원 다 회의실로 모아주세요."

주성민이 통화를 마치고 몇 분 후, 회의실로 얼핏 봐도 오십 명은 넘어 보이는 사람들이 들어왔다.

"자, 오늘 영진 바이오 본사 2차 압수수색에 앞서 전략을 말씀드리겠습니다. 전과는 다르게 두 팀으로 나눕니다. 일단 스물다섯 분씩 나눠주세요."

주성민의 말에 선임 수사관으로 보이는 사람이 인원을 정리했다.

"자, 여기 앞에 계시는 분들은 저와 함께 동진건설 회장실을 비롯한 비서실을 압수수색 합니다."

"예. 알겠습니다."

"자, 그리고 여기 분들은 서필규, 현진우 검사와 함께 동진건설 총무과와 해외 판매팀을 압수수색 합니다."

주성민은 능숙하게 작전지휘를 해나갔다.

"현장에서 영장에 표기된 압수 범위 물품들은 하나도 빠짐없이 압수합니다. 그리고 증거 인멸의 기미가 보이는 사람은 현장에서 바로 긴급 체포해도 좋습니다. 신분증 한 분도 빠뜨림 없이 패용하시고, 자! 갑시다."

주성민의 말이 떨어지자 수사관들은 회의실을 빠져나갔고, 주성민은 진우와 서필규를 향해 입을 열었다.

"우리도 가자. 말했지만, 다른 팀들은 전부 눈 가림이야. 해외 판매 팀이 이번 압수수색의 핵심이다. 동진건설 측에서는 우리가 해외 판매 팀 쪽을 노리고 있다는 걸 전혀 모를 거야. 현장에서 증거 인멸할 수도 있으니 제대로 체크하고, 두 사람 빠뜨리는 거 없이! 알았어?"

"예. 알겠습니다."

"자, 서울중앙지검에서 나왔습니다. 2010년 5월 9일 자로 발부된 압수수색 영장 집행하겠습니다. 다들 그대로 하시던 일에 손 떼시고, 자리에서 일어나 주십시오."

동진건설 본사.

검찰의 대규모 압수수색이 시작되었고, 진우와 서필규는 해외 구매 팀 사무실에 들어가자마자 압수수색 영장을 펼쳐 보였다.

"해외 판매 팀 팀원 여러분들은 압수수색 영장이 지정한 범위에 해당합니다. 지금 이 시간부로 여러분은 이 사무실을 빠져나가시면 안 됩니다. 신분증 지참하시고 그대로 자리에 서서 계시면 됩니다. 그리고 여러분의 휴대전화 또한 영장에서 정한 압수 범위에 해당하므로 협조 부탁드리겠습니다."

서필규는 계속해서 압수수색 영장에 대해 고지하기 시작했다.

"최 계장님, 바로 휴대전화부터 압수해 주세요."

진우의 말에 최태섭 계장은 압수용 상자를 들고 사무실을 돌기 시작했다.

"팀원들 신원부터 확인하자. 너는 오른쪽 돌아. 나는 왼쪽 돌 테니까."

"예. 알겠습니다."

서필규와 진우는 동진건설 해외 판매 팀 팀원들의 신원을 확인하기 시작했다.

그때, 한쪽 구석에 있는 남자가 슬쩍 몸을 숙여 컴퓨터를 조작하는 것이 진우의 눈에 들어왔다.

"거기, 구석에 계신 분!"

진우는 그렇게 말하고 그에게 다가갔는데, 진우가 다가오기 시작하자 남자는 다급한 움직임으로 컴퓨터를 조작하기 시작했다.

진우는 재빠르게 다가가 남자의 손목을 잡아챘다.

"최 계장님! 이분 수갑 채워주세요."

진우는 재빠르게 최태섭을 불렀다.

상대의 목에 걸린 사원증을 확인한 진우는 남자를 바라보며 입을 열었다.

"현 시간부로 김재원 씨를 압수수색 방해 및 증거 인멸로 인한 공무집행방해 혐의로 긴급 체포합니다. 김재원 씨는 변호인을 선임할 권리가 있으며, 불리한 진술을 거부할 수 있습니다. 최 계장님 바로 데려가 주세요."

최태섭이 남자의 손에 수갑을 채워 데려갔고, 한바탕 소란이 일자 서필규는 진우의 곁으로 다가왔다.

"뭐야?"

"컴퓨터에 있는 뭔갈 지우려 했습니다."

진우는 그렇게 말하며 남자가 무엇을 지우려 했는지 파악하기 시작했다.

한참 컴퓨터를 조작하던 진우는 무언가를 발견했다는

눈빛으로 서필규를 바라보았다.

"찾은 거 같습니다."

"그래? 안 지워졌어?"

"네. 지우기 전에 막았습니다."

"잘했어! 아, 다행이다."

물론 상대가 자료를 삭제했다고 하더라도 복구하면 그만이었지만, 시간이 오래 소요될 수 있었기 때문에 서필규는 진우를 향해 다행이라 말해왔다.

"잠깐 기다려 봐."

서필규는 휴대전화를 꺼내 들고는 통화 버튼을 눌렀다.

"선배님, 찾았습니다. 네, 말씀하신 거래 내역입니다. 지우려고 하길래 긴급 체포하고 확보했습니다. 네네. 알겠습니다."

서필규는 전화를 끊고는 진우를 바라보았다.

"주 검사님 바로 내려오신단다."

두 사람이 그렇게 한참 자료를 압수하고 있을 때 사무실 문이 열리며 주성민이 들어왔다.

"선배님 오셨습니까?"

"삭제 안 됐지?"

"네. 지우려고 할 때 현 검사가 눈치채고 저지했습니다."

"그래? 현 검사, 잘했어."

주성민은 가쁜 숨을 몰아쉬며 진우의 어깨를 두드려 주

고는 자료를 읽어 내려가기 시작했다.

"됐다. 이 거래 내역을 회계에서 누락시키고 해외 계좌로 돈을 빼돌린 거야. 우리가 추정한 횡령 금액이랑 딱 맞는다. 됐어."

주성민은 한숨을 크게 내쉬고는 씩 웃었다.

"가자, 고영주 잡으러."

일주일 후, 서울중앙지방법원.

"구속영장 청구서에 기재된 피의자의 범죄 사실 여부를 확인하도록 하겠습니다."

이틀 전, 수사 담당 검사 주성민은 고영주에 대한 구속영장을 재청구했고, 구속영장실질심사가 이루어지고 있었다.

지난번 구속영장을 기각한 판사와는 다른 판사에게 사건이 배당되었다. 좋은 징조였다.

"피의자 고영주 씨는 2008년부터 2010년까지 동진건설의 8개 건설 현장에서 구매한 철근을 다른 업체에 판매하고, 회사 장부상에는 철근이 파손되어 사용하지 못한다며 손실 처리하여 판매 대금을 200억가량을 개인 소유의 미국 법인으로 빼돌렸습니다. 피의자 인정하십니까?"

"인정하는 바입니다. 지난 4월 16일 110억을 회사 계좌로 변제하였으며, 나머지 금액에 대해서는 오늘 이곳에 출석하기 두 시간 전, 변제하였습니다."

고영주의 변호인단은 아주 영악하게 굴었다.

피의사실을 부인하기보다는 횡령 금액에 대해서는 변제하고 인정하는 전략을 썼다.

구속을 면하고, 형을 살더라도 최소한의 형량을 살게 하겠다는 전략이었다.

"미국 법인으로 빼돌린 돈 중 30억가량을 라스베이거스 벨라지오 카지노의 VIP 회원권 구매와 그곳에서 도박한 사실을 인정하십니까?"

"인정하지 않습니다."

그리고 고영주는 구속이 될 것 같은 요소인 상습 도박에 관련해서는 부인하는 전략을 사용했다.

맞은편에 앉은 주성민은 불편한 표정으로 고영주와 그의 변호인을 바라보고 있었다.

"지난 4월 28일과 5월 3일 해외 출국 정지 상태임에도 피의자께서는 해외 출국을 시도했습니다. 이유가 있습니까?"

"국외 법인의 사업 관련한 출국 시도였습니다. 바이어들과 미팅이 있었지만, 출국 정지로 인해 출국하지 못했습니다."

"그렇다면 피의자는 4월 22일과 26일 검찰의 소환 조사에 응하지 않았는데 이유가 있습니까?"

"기업경제인 모임과 회사 업무차 응하지 않았습니다."

구속영장실질심사는 검찰이 청구한 영장에 담긴 피의사실들을 판사가 피의자에게 묻는 방식으로 진행된다.

수사 담당 검사는 잘 출석하지 않는 자리지만 오늘 주성민은 출석해 고영주와 그의 변호인, 담당 판사를 압박하려는 심산이었다.

한 번 한 여론전, 두 번 못할 법은 없으니까.

"피의자는 회사의 직원에게 증거를 인멸하라 지시한 적이 있나요?"

"없습니다."

"피의자는 현재 구속영장에 청구된 횡령, 배임 및 상습 도박에 관한 동종범죄 경력이 있습니까?"

"기억나지 않습니다."

고영주의 맞은편에 앉은 주성민은 실소를 터뜨렸다.

기억이 나지 않는다니 8년 전에도 상습 도박으로 집행유예의 실형을 선고받은 적이 있는 사람이.

"피의자는 지병이 있나요?"

"허리 디스크와 당뇨가 있습니다."

판사는 고개를 끄덕이며 고영주와 변호인을 바라보았다.

"변호인이나 피의자께서 더 하고 싶은 이야기 있다면 하셔도 됩니다."

판사가 그렇게 말하자 고영주는 판사를 바라보며 입을

열기 시작했다.

"존경하는 재판장님, 저 고영주는 모든 피의사실을 인정하고 모든 횡령 금액을 변제하였습니다. 이 부분을 고려해 주셨으면 하고, 회사의 종업원 1,400명가량을 제가 책임지고 있습니다. 제가 구속된다면 당장 회사의 경영 공백이 발생하게 됩니다. 부디 불구속 상태로 수사와 재판을 받을 수 있게 선처해 주셨으면 합니다. 감사합니다."

"이상, 피의자 고영주의 구속영장실질심사를 마칩니다. 영장의 발부 여부는 24시간 안에 결정될 예정이며 구인영장에 따라 피의자는 서울구치소에서 대기하여야 합니다."

판사는 그렇게 말하고는 자리에서 일어나 법정을 퇴정하였고, 고영주는 호송 경찰관들의 안내를 받아 법정에서 나가려다 맞은편에 있는 주성민과 눈이 마주쳤다.

"우리 고 회장님, 맛있는 거 많이 드셨어야 할 텐데 말입니다. 그럼 다음번에 뵙겠습니다."

주성민은 씩 웃으며 인사를 하고는 돌아서서 법정 밖으로 발걸음을 옮겼다.

서초동 서울중앙지방검찰청.

한밤이 되었음에도 이곳 빌딩의 불은 꺼질 줄 몰랐다.

"서 검사, 좀 앉아라. 정신 사납다."

세 시간 후, 서울중앙지검 형사7부 회의실에는 그동안 이곳을 사무실 삼아 고영주에 대한 수사를 진행하던 진우와 서필규, 그리고 영장실질심사를 마치고 돌아온 주성민이 결과를 기다리고 있었다.

"선배님, 벌써 세 시간이 지났습니다. 슬슬 마지노선이라고요."

뭔가 불안한 사람처럼 사무실을 여기저기 돌아다니던 서필규는 주성민의 말에 자리에 앉으며 불만을 털어놓기 시작했다.

"선배도 아시잖습니까? 세 시간 넘어가면 우리한테 불리하다는 것을요."

통상적으로 두세 시간 정도면 구속영장의 가부가 나왔었는데 판사가 고민하는 시간이 길어지면 길어질수록 기각 확률이 높았다.

"앉아. 우리는 할 거 다 했어. 이전에 못 찾았던 증거도 찾았고, 저기 막내의 조언에 따라 여론전도 했고."

주성민은 그렇게 말하며 진우와 서필규를 바라보았다.

"나는 설령 기각이 뜨더라도 좌절하지 않는다. 말했듯 할 수 있는 걸 다 했기 때문이다. 그리고 구속영장이 기각된다고 해서 무죄란 것도 아니니, 서 검사 너도 평정심을 유지해."

담당 검사인 주성민이 저렇게 말한다면 의견을 존중해야겠다고 생각한 서필규는 작게 한숨을 내쉬었다.

세 사람은 다시 하릴없이 영장 심사 소식을 기다리기 시작했다.

회의실에 그 누구도 소리를 내지 않고 시곗바늘 초침 소리만이 회의실을 가득 메우고 있던 그때 주성민의 전화벨이 울리기 시작했고, 주성민은 자리에서 벌떡 일어나 전화를 받았다.

"네. 네. 알겠습니다. 수고하셨습니다."

주성민은 전화를 끊고 깊은 한숨을 내쉬며 두 사람을 바라보았다.

"선배……."

서필규는 주성민의 한숨에서 무언가를 느낀 듯 고개를 푹 숙였다.

"영장 발부됐단다. 가자, 오늘은 내가 살게!"

주성민의 말에 진우는 자리에서 벌떡 일어났고, 고개를 숙이고 있던 서필규는 고개를 들어 올렸다.

"아! 선배님! 저 죽다 살아났습니다! 왜 한숨을 그렇게 쉬십니까!"

"일을 끝냈다고 생각하니 한숨부터 나오더라. 하하하, 미안하다. 두 사람 먼저 가서 자리 잡고 있어. 나는 부장님에게 전화로 보고드리고 갈 테니까."

주성민이 그렇게 말하고 회의실을 빠져나가자 서필규는 진우를 바라보았다.

"수고 많았다. 정말 내가 봤을 때 네 덕이 50%다."

"그럴 리가 있겠습니다. 모두 열심히 보강 수사를 해서 영장이 발부되었다고 생각하고 있습니다."

"짜식, 겸손은…… 그래, 일단 이런 소리도 자리 좀 옮겨서 하자. 이제 이 사무실이 지긋지긋하다."

서필규가 그렇게 말하며 홱 돌아서 사무실을 빠져나가 버리자 진우는 그런 서필규의 모습에 웃음을 짓고는 옷을 챙겨 그를 따라나섰다.

관악구의 한 고시촌 골목.

수많은 고시원과 원룸들 사이에 아주 허름한 대폿집이 있었다.

사람이 많이 오가는 대학가에 있는 대폿집이었지만, 특유의 허름함으로 인해 단골들 이외에는 잘 오지 않는 집이었다.

[회삿돈 200억 원을 횡령한 혐의를 받고 있던 동진건설의 고영주 회장이 구속되었습니다. 서울중앙지방검찰청은

특정경제범죄 가중법상 횡령·배임, 상습 도박 혐의로 구속영장을 신청, 서울중앙지법 배석현 부장판사는 모든 범죄 행위가 소명되었고, 증거 인멸을 지시한 정황이 뚜렷한 점, 도주의 우려가 있는 등 구속 수사의 필요성이 인정된다며 영장을 발부했습니다. 한차례 구속영장이 기각되어 법원과 검찰의 갈등을 일으켰던…….]

"저 봐라. 회삿돈 200억을 꿀꺽하고도 구속이 기각되더니 드디어 구속됐구먼."

"이번엔 검찰 놈들이 아주 잘했어. 세상이 말이야, 어떤 세상인데 돈 있는 놈이라고 구속 안 하는 게 말이 되나? 법이 저러면 우리 같은 서민은 어디에 기대?"

"어휴, 저런 거만 보면 속이 왜 이렇게 뒤집히나 몰라. 대포나 한잔해."

요즘에도 저런 TV가 있나 싶은 아주 작은 브라운관 TV를 통해 나오는 뉴스를 보던 노인들은 그렇게 푸념을 하고는 잔을 적시고 있었다.

"부끄럽네."

대폿집 한편에 자리 잡은 진우와 서필규는 두 노인의 대화를 듣고 있었다.

"하이고…… 그렇지 않냐? 뿌듯하면서도 부끄러운 감정을 어떻게 해야 하나 모르겠다."

서필규는 길게 한숨을 내쉬며 진우를 향해 말해왔고, 진우는 고개를 끄덕였다.

"먼저 시작하지. 왜들 이렇게 앉아 있어?"

두 사람이 한참 멍하니 앉아 있던 와중에 대폿집의 문이 열리며 오늘 이 자리를 만든 주성민이 들어왔다.

"미안하다. 수사관님들도 수고하셨는데 밥은 사야 할 거 같아서 잠시 앉아 있다가 오느라 늦었다. 할머니! 여기 대포랑 안주 좀 주세요."

"오늘은 빈대떡이랑 돼지 찌개야."

"아유, 좋죠. 좀 넉넉하게 내주세요."

자리에 앉은 주성민은 능숙하게 주문을 하고는 두 사람을 바라보았다.

"내가 사법고시 준비할 때부터 왔던 집이야. 이 집은 메뉴 없어. 그날그날 주인 할머니가 고르는 게 메뉴야."

평소 진중해 보였던 주성민은 뭐가 그렇게 신이 나는지 연신 웃으며 두 사람을 향해 말해왔다.

"선배님, 저는 그래도 오늘 같은 날은 좋은 곳에 데려가 주실 줄 알았습니다."

"여기가 좋은 곳이지."

"아니! 저 선배님과 술 딱 다섯 번 마셔봤습니다. 그런데 다섯 번 다 이곳이라는 게 말이 됩니까?"

서필규는 뭐가 그리 불만인지 주성민을 향해 불만을 토

해냈고, 진우와 주성민은 그런 서필규를 바라보며 재밌다는 듯 웃음을 지었다.

잠시 후, 노란 양은 주전자에 담긴 막걸리와 안주들이 차려지자 세 사람은 양은으로 된 대접을 들었다.

"자! 우리 세 사람 지난 몇 주간 큰 건 했다. 이 못난 선배가 일 처리를 똑바로 못 해서 너희까지 고생하게 했다. 다들 수고 많았고, 우리 형사7부를 위해서 또, 수고한 우리 셋을 위해서 건배하자."

다소 길었지만, 진심이 담긴 주성민의 건배사에 세 사람은 잔을 부딪쳤다.

"크으…… 내가 현 검사한테 참 궁금한 게 많아."

주성민은 단숨에 막걸리를 들이켜고는 잔을 내려놓은 후 진우를 바라보며 입을 열었다.

"현 검사, 너 뭐 하던 놈이야?"

진우는 정확히 이 질문을 두 번째 받았다.

서필규에게 한 번, 주성민에게 한 번.

"검사 생활 12년째다. 많은 초임검사들을 봐왔지. 개중엔 수사 잘하는 놈도 있었고, 선배 검사들 가려운 곳 잘 긁어주는 검사도 있었고, 기획 수사 잘하는 놈까지."

주성민은 그렇게 말하며 날카로운 눈빛으로 진우를 바라보았다.

"그런데 말이다. 현 검사 너 같은 놈은 없었다. 수사 잘

하면서 선배 가려운 곳도 잘 긁어주고, 기획까지 잘하는 놈은 한 번도 못 봤다. 이 말이야. 뭐 하던 놈이야?"

"초임검사일 뿐입니다."

"하하하, 그래. 너는 초임검사지. 조금 특별한 초임검사."

진우의 대답이 만족스럽다는 듯 주성민은 크게 웃으며 진우를 바라보았다.

"20대 때 뭐 했냐?"

뜬금없이 물어오는 주성민의 물음에 진우는 생각에 잠겼다.

"뭘 그렇게 고민해? 그냥 현 검사 너 같은 사람은 20대 때 어떻게 보냈나 궁금해서 묻는 거야."

"고민이 아니라, 기억이 없습니다."

"뭐?"

"20대의 기억이 없습니다. 매일 고시원에 틀어박혀서 공부하던 기억밖에는요."

"가족은?"

주성민의 물음에 서필규는 '앗' 하는 눈초리로 주성민을 바라보았고, 진우는 덤덤하게 입을 열었다.

"혼잡니다. 할머니가 홀로 저를 키우셨습니다만, 지금은 안 계십니다."

"그래…… 그래서 열심히 살았냐?"

"네. 할머니가 많이 아프셨습니다. 그렇게 되고 보니, 제가 할 줄 아는 거라곤 공부밖에 없었습니다. 공부로 빨리 성공하고 싶었는데…… 좀 늦은 거 같습니다."

진우는 이전 삶에서도 누구에게도 말한 적이 없던 개인적인 얘기를 털어놓기 시작했다.

"그래서 20대의 기억이 제게는 없습니다. 의미 없이 보내는 하루가 제게는 너무 아까웠습니다."

진우의 말에 주성민은 피식 웃었다.

"재미없는 삶을 열심히도 살았네. 장하다."

서필규 또한 처음 듣는 진우의 개인사에 고개를 끄덕이며 진우의 등을 두드려 주었다.

"선배님, 진우가 재미없는 삶을 산 게 아니라 선배님이 스펙타클한 삶을 사신 거죠."

진우의 등을 두드리던 서필규는 분위기를 바꿔보려는 듯 웃으며 말을 꺼내기 시작했다.

"현 검사, 너는 모르겠지만 여기 주 선배가 말이야. 우리 학교의 전설적인……."

"서 검사, 그만해. 뭐 좋은 얘기라고 여기저기 떠벌려?"

주성민이 막아오자 서필규는 헛기침을 하고는 입을 꾹 다물었다.

"저도 알고 있습니다. 학교의 전설이신데 제가 모를 리가 있겠습니까?"

"전설? 그런 거 아니다. 내 과거가 부끄럽진 않지만, 지금 보면 왜 그렇게 살았나 싶어. 다 의미 없는 짓이었는데 말이다."

주성민은 씁쓸한 표정을 지으며 술잔을 기울였다.

"그나저나 현 검사, 너 나랑 친해져도 되겠냐?"

"그게 무슨 말씀이신지……."

"난 비법대 출신에 검찰 내에서도 형사 부서만 돌다 옷을 벗을 사람인데 말이야. 내 줄 잡을 거면 놓고, 저기 필규 좀 데리고 가서 부장검사 줄 잡아. 그쪽이 출세랑 더 가까우니까."

검찰이라는 조직에 대한 충성도는 검사라면 기본적으로 가지고 있는 마음이었다.

다만, 그 충성심의 경도가 부서마다 달랐다.

검찰 조직의 대다수가 포함된 형사부, 공판부 검사들은 특수부나 공안부 검사들처럼 조직에 대한 끈끈한 충성심 같은 건 없었다.

아니, 특수부, 공안부 검사와는 다른 존재였고. 그저 일벌과 다름없다고 생각했다.

적당히 버티다 부장검사 타이틀을 달고, 변호사를 개업하는 것이 그들의 운명이나 다름없었다.

"제가 혹시 신경 써야 하는 부분입니까?"

주성민과 서필규는 진우의 입에서 나온 의외의 답에 놀란 눈을 하고 진우를 바라보았다.

"저는 그런 거 신경 쓰지 않습니다. 그저 제가 지금 모시는 분이 서 검사님과 수석님이라는 것만 신경 쓸 뿐입니다."

"하하하."

"그리고 이번 일을 처리하시는 선배님의 모습을 옆에서 지켜본 후배로서는 특수부에 있는 선배들이 하는 일들을 선배님이 못 하실 리는 없다고 생각합니다."

진우는 진심을 담아 주성민에게 얘기했다.

이번 일을 발 벗고 도운 이유는 서필규 때문인 것도 있었지만, 주성민의 능력도 본인에게 도움이 되는 일이었기 때문이다.

주성민이 조금만 현실과 타협한다면, 더 높은 곳까지 올라갈 수 있다고 생각했고.

그렇게 된다면 자신과 서필규를 이끌어줄 수 있는 든든한 선배가 생기는 거나 다름없었다.

"제가 너무 건방진 소리를 한 것 같습니다. 죄송합니다."

진우는 자리에서 일어나 주성민을 향해 고개를 숙였다.

주성민은 한참 아무런 말이 없다가 그런 진우를 바라보며 앉으라는 듯 손짓을 했다.

"이야, 검사 생활 12년 만에 초임검사의 말에서 깨달음을 다 얻어보네. 하하하, 나한테 좀 숙이라는 말로 들린다?"

"아닙니다."

"아니긴…… 뭐, 이번 일을 겪어보니까 좀 유하게 사는 것도 나쁘진 않을 것 같다."

주성민은 그렇게 말하며 잔을 들어 올렸다.

"자! 오늘 모든 스트레스를 이 잔에 다 털고! 내일부터는 새로운 마음으로 피의자 고영주를 수사합시다. 건배!"

"건배!"

그렇게 세 사람은 한참 얘기를 나누며 술잔을 기울였다.

"내가 오늘 기분이 너무 좋아서! 노래를 한 곡 불러야겠다!"

어느덧 시간이 지나고, 대폿집에는 진우의 일행만이 남은 상태였다.

기분이 좋게 취한 주성민은 자리에서 일어나 노래를 부르기 시작했고, 서필규는 그 모습이 익숙하다는 듯 웃으며 지켜보았다.

"찢기는 가슴 안고 사라졌던~"

주성민이 노래를 부르기 시작하자 진우는 신기하다는 눈빛으로 주성민을 바라보았다.

"재밌지?"

그런 진우를 바라보며 서필규가 물어왔다.

"네. 수석님이 이런 분이신지 몰랐습니다."

"그래, 그래서 내가 주 선배를 좋아하는 거야. 일할 땐 칼날같이 날카로운 분이신데 진면모는 이런 분이거든……. 어쨌든 진우야, 고맙다."

서필규의 말에 진우는 의아한 표정으로 서필규를 바라보았다.

"너도 안다고 했으니 말하는 건데, 주 선배 말이야. 운동권 출신 검사라는 타이틀 때문에 한쪽에서는 배신자라 욕먹고, 한쪽에서는 비법대 출신, 운동권이라고 욕먹고. 외로운 분이었어. 이번에 잘 안 되면 옷 벗으려고 하셨는데 네 덕분에 주 선배도 뭔가 깨달으신 게 있으신 것 같고 말이야."

서필규는 웃으며 진우의 어깨를 살짝 두드려 주었다.

주성민은 어느 집단에서나 아웃사이더였다.

그게 진우가 생각하는 주성민의 가장 큰 결점이었고, 이번 일을 계기로 주성민이 조금만 조직에 맞는 사람으로 변한다면 자신의 앞날에 충분히 도움 되는 사람이라 생각했다.

주성민 사단을 만들어, 주성민을 구심점으로 타고 올라가는 라인을 만들고 싶었다.

"진우, 너는 이 노래 모르지?"

"네. 몇 번 듣기만 들어봤습니다."

"그래? 그럼 이참에 외워. 주 선배는 술 들어가면 이 노래만 불러."

서필규는 그렇게 말하고는 자리에서 일어나 숟가락을 마이크 삼아 노래를 부르기 시작했다.

"우리 어찌 주저하리오~"

서필규마저 자리에서 일어나 주성민과 함께 노래를 부르는 모습을 진우는 웃으며 바라보았다.

'내가 그리는 사단이 탄생하는 자리치고는 나쁘지 않네. 어차피 내가 타고 올라갈 줄은 내가 만들려고 했으니까 말이야.'

진우는 그렇게 생각하고는 자리에서 일어나 두 선배와 함께 어깨동무하고 잘 알지도 못하는 노래를 대충 따라 부르기 시작했다.

대폿집 주인 할머니도 자주 봐왔던 장면이라는 듯 웃으며 세 사람의 모습을 바라보았다.

2010년 6월.
"주 프로, 고영주 공판 일정 나왔나?"
형사7부의 아침은 부장검사와의 회의로 시작되고 있었다.
"네. 다음날 첫 공판입니다."
"공판부 담당은 잡혔고? 초임 붙으면 곤란한데."
"예. 직접 공판부 부장검사님을 찾아뵙고 인사드렸습니다. 공판부 차석검사를 담당으로 붙여주셨습니다."

재판의 일정이 잡히면, 수사 검사는 공판 검사에게 수사 기록물을 넘겨 재판을 맡겼다.

작은 지청에는 수사부서에 공판 업무를 겸임하는 검사가 있었지만, 서울중앙지검 같은 큰 지청에는 재판을 담당하는 공판 검사들이 따로 있었다.

"네가 직접 공판부 부장을 찾아갔다고?"

부장검사 김용환은 놀란 듯 두 눈을 크게 뜨고, 주성민을 바라보았다.

"네. 아무래도 재판이 중요하니까요. 구속영장실질심사 때 겪어보니 고영주 쪽 변호인들이 영악합니다. 초임들로는 상대가 안 될 거 같습니다."

공판부는 검찰 내에서도 기피 부서였다. 진우가 속한 형사부보다 더한 홀대를 받는다고 생각했다.

이 조직의 보상이라고는 출세밖에 없었는데 형사부와 공판부 검사들은 출세와는 영 거리가 멀었기 때문이다.

그러다 보니, '초임검사 시절에 공판부 경험을 해봐야지!' 같은 논리로 공판부 대부분을 초임검사가 메꾸고 있었다.

"아니, 아니. 내가 물은 건 그게 아이고. 주성민이 네가 직접 공판부 부장검사를 찾아갔다는 게 영 신기해가 말이다."

김용환은 하루아침에 달라진 주성민의 태도에 놀랍다는 듯 말해왔다.

"내일은 해가 서쪽에서 뜰라 카나. 서 프로는 일 잘하지, 일만 잘하던 주 프로는 드디어 사회생활이라는 것을 좀 할라 카제. 이게 무슨 일이고?"

김용환은 서필규와 주성민을 번갈아 보다가 뭔가 기쁘다는 듯 웃기 시작했다.

"아이고, 부장 생활 말년에 드디어 우리 부서가 문제없이 돌아가는 것처럼 느껴지네. 주성민이 잘했어. 공판 검사 능력에 따라서 형량이 확 갈리는데 급한 쪽은 우리 아니겠나? 그럼 찾아가서 부탁도 하고 살살거리고 해야지. 아주 잘했다. 공판카드는?"

"열 장 분량 작성해서 넘겼습니다. 한번 보시겠습니까?"

"그래, 함 보자."

공판카드는 수사 검사가 공판 검사에게 넘기는 일종의 의뢰서였다.

피의자의 죄목이 적힌 공소사실과 그를 받쳐주는 증거들이 요약되어 있었고, '구형량은 얼마였으면 좋겠다'라는 의견도 적혀 있었다.

"8년에 추징금 6억? 괜찮겠나? 고영주가 죄를 인정한다며?"

"네. 그래서 대법원 양형기준까지 뒤져가며 양형기준에 맞춰서 잡은 겁니다. 돈 많은 사람이 회삿돈을 마음대로 빼 쓰고는 그걸 갚는다고 해서 그 행위에 큰 의미를 부여하면 안 될 거 같습니다. 거기다가 상습 도박도 있고, 죄질이 나쁩니다."

"그래. 네 말이 옳다. 판사도 우리랑 같은 생각이면 참 좋을 텐데 말이다. 어쨌든, 판사 입장에는 여론이 부담되겠네. 8년이면 반으로 뚝 잘라도 4년이고, 집행유예 때리기에는 너무 재벌 봐주기 아니냐는 소리 나오겠고. 대법원 양형기준 맞췄다 카이 잘했다."

김용환은 주성민의 이런 점을 좋아했다.

수사를 하는 과정도 깔끔한데 이후 과정 또한 깔끔했기 때문이다.

다만, 성격이 김용환과는 어울리기 힘든 성격이었는데 왜인지 모르게 조금 유해진 주성민의 자세를 보며 만족스러웠다.

"자, 그리고. 오늘 좋은 소식 하나 있다. 우리 막내! 현 검사. 서 프로 옆방 있제? 그거 내일부터 니 방이다."

진우는 놀란 표정으로 김용환을 바라보았고, 다른 검사들은 축하한다는 눈빛으로 진우를 바라보았다.

"서 프로가 니 이제 독립해도 될 것 같다고 보고 올렸다. 여기 주 수석도 이번에 고영주 수사를 도운 네 능력에 대해 칭찬했고 말이야."

진우의 수련 담당 검사인 서필규의 의견이 반영된 결과였다.

평검사 중 최고 선임자인 주성민도 진우의 독립을 찬성했다.

보통 6개월 정도 걸려야 단독 임용을 할 수 있었고, 진우도 이전 삶에서 6개월이 지나고 독립 사무실이 생겼기 때문에 그렇게 기대하고 있진 않았다.
　하지만 진우가 요 몇 달 보여준 능력을 보고 독립하기 충분하다고 생각한 선배들의 배려로 4개월 만에 독립 사무실이 생기게 되었다.
　"축하한다. 일단 며칠은 정신이 없을 테니까는 서 프로 방에서 쉬운 사건들만 재배당받아서 단독 업무 감을 익히는 방향으로 가자. 다음 주부터는 우리 현 검사 방에도 사건을 내가 배당해 줄 테니까는 알았나?"
　"네. 알겠습니다. 부장님, 그리고 선배님들 감사합니다."
　진우는 자리에서 벌떡 일어나, 김용환과 형사7부 소속 선배 검사 한 명, 한 명에게 고개 숙이며 고마운 마음을 전했다.
　"하하, 자슥아. 허리 다친다. 뭐가 그래 좋다고 허리를 막 접어 쌌는데?"
　"누구보다 좋을 겁니다. 저도 처음 독립할 때 지금 현 검사랑 같은 기분이었거든요."
　서필규는 진우의 심정을 이해한다는 듯 웃으며 김용환에게 말을 건넸다.
　서필규를 제외한 선배 검사들은 이런 수습 검사 시스템을 겪어본 세대가 아니라 그런지 그저 진우를 웃으며 바라보았다.

"자, 다들 오늘 하루도 수고하고. 다음 달 말일이면 서초동 올스탑인 거 알제? 마감 밀리는 거 없이 잘 처리합시다."

7월 말부터 8월 초까지는 서초동 법조타운이 휴가 기간이었다.

긴급한 재판이 아니면 법원이 하계 휴정을 하는 기간이었고, 일정에 따라 검사와 변호사 등이 휴가를 떠나는 기간이었다.

부장검사 김용환의 당부를 끝으로 형사7부의 회의는 끝이 났다.

다음 날, 진우와 서필규는 519호 앞에 서 있었다.

"어떠냐?"

서필규는 웃는 얼굴로 진우를 바라보며 물었다.

"여기 방문 앞에 적힌 검사 현진우라고 적힌 명패를 보니 기분이 어때?"

"기분 좋습니다."

"에이, 좋은 거 같지 않은데?"

"그러게나 말이다. 여기 서 검사는 나 끌어안고 질질 짰는데."

진우와 서필규가 얘기를 나누고 있을 때 뒤에서 목소리가 들려왔고, 두 사람은 뒤를 돌아보고는 고개를 숙였다.

"선배님 오셨습니까?"

진우는 상대를 향해 고개를 숙였고, 주성민이 두 사람을 바라보며 웃으면서 서 있었다.

"선배님, 제가 언제 울었다고 그러십니까?"

"안 그랬다고? '선배님, 여기가 진짜 제 방입니까?' 수십 번은 나한테 물은 거 같은데."

"커, 커흠…… 그거야. 안 믿겨서 그랬지요."

"그나저나 막내는 기분이 어때? 안 기쁜 거처럼 보인다."

"그럴 리가요. 기쁩니다. 동시에 부담감도 좀 느끼고요."

진우는 진심이었다.

이미 한 번 경험한 일이었지만, 자신의 사무실이 생긴다는 것은 다시 한번 겪어도 기분이 좋은 일이었다.

"그래, 그 부담감을 동력 삼아 열심히 하면 되는 거야. 그 열심히도 적당히 하고."

뭐든 적당히 열심히 해라. 이전 삶에서도 그렇고 이번 삶에서도 그렇고 진우가 귀에 딱지가 앉도록 들은 말이다.

진우는 회사원의 삶을 살아보진 않았지만, 검찰이란 조직도 그와 다르진 않을 것이다.

모난 사람은 위에서 좋아하지 않는다.

일을 엄청 유능하게 해내는데 성격이 모난 사람이 있고,

일은 적당히 잘하는데 성격이 싹싹하고 원만한 사람이 있다면, 승진은 후자가 하는 것이었다.

물론 필요에 따라 이전 삶의 진우와 서필규의 관계도 만들어지긴 했다.

"네. 일도 잘하고, 윗분들도 잘 모시라는 소리로 듣겠습니다."

"하하, 이 자식 서 프로 밑에서 배우더니 그런 것만 배웠네?"

주성민은 진우를 향해 농담을 하고는 서필규를 바라보았다.

"서 검사 사무실 최태섭 계장님이 우리 부서 주임 수사관님이시다. 곧 네 담당 수사관님을 데리고 오실 거야. 그리고 한 가지 더. 당분간 네 방의 실무관은 서 검사 방의 오선아 씨가 대신 봐줄 거야."

진우는 고개를 끄덕였다. 아무래도 당장 실무관을 어디서 구하기도 쉽지 않을 테고, 원래 짬이 낮은 검사 방에는 실무관이 잘 배치되지 않기 때문이다.

"그러니까 선아 씨가 일이 좀 밀려서 네 방 늦게 봐준다고 너무 뭐라고 하지 말고. 급하면 직접 해."

실무관은 말 그대로 검사 사무실의 잡일을 도와주는 존재였다. 수사기록의 복사부터 탕비실을 채우는 일까지.

"네. 알겠습니다."

진우는 웃으며 주성민을 향해 답했다.

"자, 그럼 서 검사 너도 일하러 가야지? 이제 그 방에 현 검사 없어. 혼자 일 처리 해야 돼."

"안 그래도 미칠 것 같습니다. 꿈꾸다 깬 기분이에요."

서필규의 실없는 농담에 두 사람은 웃으며 서필규를 바라보았다.

"실없는 농담 그만하고. 자, 다들 일하러 가자. 현 검사, 다시 한번 독립 축하한다."

"감사합니다."

"진우야, 축하하고…… 그리울 거다……."

서필규는 끝까지 진우를 향해 농담 반 진담 반이 섞인 투정을 부리고는 자신의 방으로 돌아갔다.

혼자만의 시간이 된 진우는 자신의 방으로 들어가 책상 위에 놓인 명패를 바라보았다.

첫 경험은 아니었지만, 다시 한번 사무실을 배정받고 책상 위에 자신의 이름이 적힌 명패를 보니 감회가 새로웠다.

"누가 보면 꼴값 떤다고 하겠네."

혼잣말을 내뱉고는 손에 들린 상자를 자신의 책상으로 가지고 갔다.

하나하나 짐을 정리하고 있을 때 방문을 노크하는 소리가 들려왔다.

"네, 들어오세요."

진우가 그렇게 말하자. 최태섭이 반가운 인물 한 명을 데리고 왔다.

"현 검사님, 독립 축하드립니다."

"아닙니다. 최 계장님이랑 아침에 커피 마시는 게 유일한 낙이었는데요."

"하하하, 이젠 이 친구랑 하시죠. 뭐 해? 인사드려."

최태섭의 말에 쭈뼛쭈뼛 큰 상자를 들고 서 있던 남자는 상자를 내려놓고, 진우를 향해 고개를 숙였다.

"안녕하세요. 김현태입니다."

"반갑습니다. 현진우입니다. 앞으로 잘 부탁드립니다."

진우는 진심으로 반갑다는 듯 손을 내밀었고, 김현태는 진우의 손을 맞잡았다.

"하하하, 우리 현 검사님께서 현태 이 친구를 굉장히 반가워하시네요. 이제 6개월 차 수사관입니다. 저랑 같은 7급 계장이고요. 이제 막 일을 배우기 시작은 했어도 똑똑한 친구입니다. 현 검사님이랑 어울릴 거 같아서 데려왔습니다."

진우는 오랜만에 보는 김현태가 반가웠다.

이전 삶에서도 진우의 초임 시절부터 조동재가 투신을 하는 그 순간까지 진우와 함께했던 수사관이었다.

조동재의 감시를 소홀히 한 건 자신 탓이라며 진우에게 매번 미안해했던 김현태의 모습이 떠올랐다.

"감사합니다. 최 계장님 덕분에 좋은 분이랑 함께할 수 있어서 기분이 좋네요."

"하하하, 그렇게 생각해 주시면 저희 수사관들 어깨가 한껏 올라갑니다. 그럼 두 분 많은 얘기 나누시고요."

"최 계장님, 자주 놀러 오세요."

"그럼요. 저도 우리 방 영감님보다 현 검사님이 좋습니다."

최태섭은 그렇게 농담을 던지고는 진우의 검사실을 나갔다.

두 사람은 열심히 자신이 가져온 짐을 책상 위에 올려 두고는 정리하기 시작했다.

진우는 정리가 끝나고, 김현태를 바라보았는데 김현태도 모든 정리를 끝낸 것처럼 보였다.

"김 계장님."

"네? 네! 검사님."

김현태는 긴장을 유지하고 있다가 진우가 부르자 놀란 듯 자리에서 벌떡 일어나 진우를 바라보았다.

"식사하셨습니까?"

"식사요?"

"네. 아침 드셨어요?"

"아뇨. 오늘은 못 챙겨 먹고 나왔네요."

"그럼 밥이나 먹으러 가죠. 저도 아침을 못 챙겨 먹었거든요."

 진우는 웃으며 재킷 상의를 걸치고 사무실을 나섰고, 김현태는 고개를 한 번 갸웃하고는 진우를 따라나섰다.

 그렇게 현진우 검사실의 첫날이 시작되었다.

CHAPTER 4

2010년 7월.

진우가 돌아온 지도 어느덧 5개월이란 시간이 흘렀다.

올해 날씨는 유난히 이상했는데, 6월 말부터 남부지방에서부터 시작된 장마가 서울 하늘에도 시작되고 있었다.

"와우, 비가 엄청나게 오네."

진우는 일어나자마자 창문을 두드리는 빗줄기 소리에 커튼을 열고 창밖을 바라보았다.

"출근을 어떻게 해야 하나……."

진우는 폭우 속 출근길 걱정에 투덜대며 화장실로 들어가 샤워를 하기 시작했다.

"일단 주성민 선배도 끌어들였고, 나도 독립을 했으니 뭔가 적당히 눈에 띌 만한 사건이 필요한데……."

한참 샤워를 하던 진우는 샤워기가 내뿜는 따뜻한 물줄

기를 맞으며 생각에 잠기기 시작했다.

 아무래도 이제 슬슬 독립했으니 검찰 내부에서도 자리를 잡아야 할 타이밍이었다.

 마냥 지금 선배들이 이끌어주기만을 기다릴 수는 없었다.

 "내 능력이 뛰어나야 선배들도 내가 말을 하는 대로 따라줄 거고 말이야……."

 언제까지 형사 부서에 있을 수는 없었다.

 적어도 검찰 내부 엘리트 코스라고 알려진 특수부나 공안부로 진로를 잡아야 했다.

 진우의 전문 분야는 기획 수사와 인지 수사였기도 했고, 잡아야 할 거악을 상대하기 위해서는 그쪽으로 가야 했다.

 물론 돌아오기 전에는 5년 후 서필규가 특수부서로 옮겨가며 진우를 당겨가는 쪽이었지만 이번 삶은 더 빨라야 했다.

 "주 선배가 이제 12년 차…… 곧 부장을 달게 될 텐데……."

 대개 13년 차부터 15년 차까지 부장검사직을 달게 되지만, 진우는 미래를 알고 있었다.

 "곧 인사 적체가 시작된다."

 부장검사 자리는 한정적이었지만, 워낙에 옷을 벗는 선배들이 줄어서 인사 적체가 시작되는 시기가 있었다.

 결국, 부장검사가 부부장검사를 달게 되는 직급 역행이

시작되는 시기가 곧 다가온다.

그렇게 되면 정말 적자생존 시대가 시작되며 선배들이 이끌어줘 위로 쭉쭉 승진하는 엘리트 코스가 아닌 형사부서의 검사들은 자의 반, 타의 반으로 옷을 벗게 된다.

주성민마저 그 상황에 놓이게 할 수는 없었다.

진우 자신과 서필규를 이끌어줘야 할 사람이 주성민이었기 때문이다.

"그런데 이 시기에 우리 부서로 무슨 사건이 들어오는지 기억에 없단 말이지."

그도 그럴 것이 넉 달 만에 독립 사무실을 배정받은 지금과는 달리 이전 삶에서는 아직도 서필규 밑에서 초임검사 티를 벗지 못하고 있었을 시기였기 때문이다.

"나의 능력을 선배들에게 보이는 동시에 주성민의 능력도 크게 보여야 한다."

엘리트 코스라고 불리는 코스를 밟기 위해서는 능력을 인정받아야 했다.

그것도 아주 크게.

고위직에 있는 선배들 눈에 들게 말이다.

특수부나 공안부 같은 부서들은 수사만 잘한다고 해서 갈 수 있는 부서들이 아니었다.

능력이 있는 후배를 선배들이 뽑아서 데리고 가는 형식이었다.

"처음부터 좀 어려운 선택지를 고른 거 같은 느낌인데."

한참 물줄기를 맞으며 생각을 정리한 진우는 수도꼭지를 틀어 잠그며 생각을 마쳤다.

"비장하게 혼자 생각해서 뭐 하겠냐. 이번 삶의 목표만 생각하자. 수단과 방법을 가리지 않고 일단 올라가 보자."

"검사님 나오셨습니까?"

진우는 늘 그렇듯 출근 시간보다 30분 정도 앞당겨 출근했는데, 오늘은 사무실에 김현태가 먼저 나와 있었다.

"아니, 수사관님 언제 나오셨습니까?"

사무실에 들어간 진우는 놀란 표정을 하며 김현태를 바라보았는데, 김현태는 수건을 진우에게 건넸다.

"고맙습니다."

"비가 많이 오죠? 검사님이 일찍 나오시는데 제가 늦게 나올 수 있나요. 오늘부터는 좀 일찍 출근하려고 합니다."

"아유, 그러지 마세요. 저는 집이 요기서 5분 거리지만, 수사관님은 노원에서 여기까지 오려면 30분은 걸릴 텐데요."

"제가 노원 사는 걸 아시네요."

"그럼요. 인사 카드 봤습니다."

김현태와 함께 보낸 세월이 16년이었다.

그 정도는 인사 카드를 보지 않아도 알고 있었지만, 진우는 웃으며 그렇게 둘러댔다.

"이것 참, 내일부터는 저도 정시에 출근할 테니 수사관님도 그렇게 하시죠."

진우는 김현태가 건넨 수건으로 비에 젖은 옷을 닦아내고는 웃으며 김현태에게 말했다.

"악덕 상사라는 얘기는 듣고 싶지 않거든요."

"악덕 상사라니요. 그래도 일찍 퇴근시켜 주시잖습니까? 제 동기들은 퇴근 시간이 제멋대로라……."

"하하하, 그것도 제가 아직 초임이라 그런 겁니다. 앞으로 얼마나 야근을 해야 할지 모르니 출근은 정시 출근으로 하세요."

"네. 알겠습니다."

"좋습니다."

진우는 그렇게 말하고는 자리로 돌아가 재킷을 벗어 옷걸이에 걸고는 오늘 할 업무를 파악하기 시작했다.

검사 사무실은 분업 형태로 돌아갔는데, 수사관은 접수된 지 오래된 사건부터 검토해 검사에게 건네고, 검사는 추가로 검토한 후 사건을 처리하는 방식이었다.

물론 진우는 막 독립한 상태였기 때문에 오래된 사건은 없었지만, 새롭게 배당받은 사건을 반으로 나눠 서로 담당하고 있었다.

"김 계장님, 아! 수사관보다는 계장이란 호칭이 더 편한데 괜찮으시죠?"

"그럼요. 검사님 편하신 대로 불러주시면 됩니다."

"오늘 고소인 조사 몇 시쯤 출석한다고 하던가요?"

"시간은 확정을 안 해주시더라고요. 오늘 오전 중으로 나오신다고 합니다."

"알겠습니다."

진우는 새로 배당받은 사건 중 경찰에서 기소 의견으로 올라온 사건들을 처리하고 있었다.

그중 추가조사가 필요하다고 생각한 사건이 있었고, 고소인부터 불러 사건에 대한 정황을 직접 듣기를 선택했다.

한참 종이 넘기는 소리가 사무실을 가득 채워갈 때쯤 노크 소리가 들려왔다.

"네, 들어오세요."

수사기록에 집중하는 진우 대신 김현태가 그렇게 얘기하자, 문이 열리고 한 명의 여성이 들어왔다.

"어떻게 오셨습니까?"

"계주를 고소했었는데요. 오늘 조사한다고 나오라고 하셔서……."

"아아, 네. 이미경 씨? 검사님, 고소인 나오셨습니다."

진우는 자신을 부르는 소리에 고개를 들고 두 사람을 바라보았다.

"아, 네. 고소인분 여기 앞에 자리에 앉으시면 됩니다."

진우의 말에 김현태는 의자 하나를 가져와 진우의 책상 앞에 뒀고, 이미경은 자리에 앉았다.

진우 또한 보던 수사기록을 잠시 미뤄두고, 이미경이 고소한 사건 기록을 책상 위에 펼쳐놓았다.

"이미경 씨. 5월 21일, 강남경찰서에 계 모임의 계주 정연숙 씨를 고소하신 건에 대해 추가조사가 필요해 보여 연락드리고, 이렇게 모시게 되었습니다."

진우는 앞에 앉은 이미경을 바라보며 입을 열기 시작했다.

"경찰에서 진술하신 바와 피의자 정연숙 씨를 조사한 바를 보면 조금 갈리는 부분이 있어서 그런데요."

"검사님, 저는 제가 넣은 곗돈만 받으면 돼요. 그리고 이미 돈을 받았고요. 일을 너무 키우고 싶지 않아요."

이미경은 뭔가 마음에 걸리는 것이 있다는 듯 불안한 눈초리로 진우를 향해 입을 열었고, 진우는 무언가 이상한 감을 느끼고는 이미경을 바라보았다.

"네. 경찰에서도 그렇게 말씀하셨네요. 그런데 사기죄라는 게 합의를 한다고 해서 고소가 취하되는 사건이 아니라서 말입니다."

경찰에서 기소 의견으로 올라온 사건이었고, 이미경의 말처럼 이미 계주는 이미경에게 곗돈을 돌려준 상태였다.

간단하게 약식기소를 해 재판 없이 검사 선에서 벌금을

부과하면 끝날 일이었지만, 경찰 조사 단계에서 고소인과 피의자 둘 다 계속해서 말을 바꾼 점이 마음에 걸렸다.

"그래도 저는 이미 돈을 돌려받았는데 이렇게 불려 나와야 하나요? 제 남편이 변호사인데 저도 법을 잘 알고 있어요."

"아, 네. 그러시군요."

진우는 그렇게 대답하고는 수사기록 요약본을 한번 훑어보고 이미경을 바라보았다.

"경찰 조사 초기 단계에서는 곗돈을 받지 못한 사람이 많다고 하셨는데, 피의자와 합의하고 난 이후에 말을 바꿔 이미경 씨 본인만 피해를 봤다고 진술하셨습니다."

진우의 질문을 받은 이미경은 무언가 당황한 듯 눈을 이리저리 굴리다가 진우를 바라보며 입을 열었다.

"사, 사실이에요! 그때는 내 돈을 받지 못할까 봐. 그렇게 진술한 거고요. 그게 잘못인가요?"

"아뇨. 잘못은 아닙니다."

진우는 계속해서 적대감을 가진 말투로 대꾸해 오는 이미경을 보며 웃으며 답해주었다.

"계 모임의 이름이 어떻게 됩니까?"

진우의 질문에 이미경은 망설이다가 입을 열기 시작했다.

"이화회예요."

"이화회요? 혹시 특정 대학 출신……."

"아, 그런 건 아니고······ 매달 둘째 주 화요일에 계 모임을 하거든요."

진우는 이미경의 답에 싱긋 웃으며 고개를 끄덕였다.

"계 모임에 대해 들어볼 수 있을까요? 받지 못했던 금액이 2억 원이라고 하셨는데, 제가 아는 통상적인 계 모임과는 달라 보여서 말입니다. 월 납입금 규모가 어떻게 되나요?"

진우는 줄곧 이상하게 생각했던 부분에 관해 묻기 시작했고, 이미경은 진우의 질문에 다시 한번 망설이다 답을 하기 시작했다.

"월 납입금은 천만 원이에요."

"모든 계원이 천만 원씩을 내나요?"

"제가 속한 조는 그래요."

"조요?"

진우의 되물음에 이미경은 말실수를 했다는 듯 손으로 입을 가리고는 두 눈을 질끈 감았다.

"곗돈을 타는 방식은 어떻게 됩니까?"

진우의 상식에 있는 계 모임은 순번을 정해 돈을 타는 방식이라고 생각했는데, 계주가 먹고 튀려고 결심하지 않는 이상은 잘 굴러갔다.

이번 사건 또한 계주가 먹고 튀려고 했다면, 합의를 보지 않고 그냥 잠적하는 방향을 택했을 것이다.

"검사님, 그런 게 필요한가요? 말씀드렸듯 저는 돈을 돌려받았어요."

"네. 필요합니다. 물론 말씀 안 해주셔도 됩니다."

진우는 이미경을 향해 웃으며 대꾸했다.

"그럼 말하지 않겠어요. 다른 질문들도 모두 다요."

진우는 예상했다는 듯 고개를 끄덕이며 이미경을 바라보았다.

"좋습니다. 이미경 씨, 협조해 주셔서 감사합니다."

"돌아가도 되나요?"

"그럼요."

"혹시 집으로 우편이나…… 이런 게 오나요……?"

진우는 이미경의 질문에서 수상한 점을 느꼈다.

"네. 고소, 고발인에게는 사건 처분 결과 통지서를 보내드립니다."

"알겠습니다. 수고하세요."

이미경은 그렇게 인사를 하고는 사무실을 벗어났다.

"고소인이 좀 이상하네요."

이미경이 나가자마자 수사관 김현태가 진우에게 다가오며 말했다.

"그리고 검사님도 정말 재밌으신 분이고요. 저렇게 적대감을 가진 사람에게 어떻게 웃으면서 대꾸하실 수 있는지……."

"아유, 웃으면서 해야죠. 고소인이나 피의자들 상대할

때 화내면 안 좋더라고요."

"하하하, 검사님께서는 많이 상대해 보신 분처럼 얘기하시네요."

김현태의 말에 진우는 싱긋 웃음으로 답을 대신했다.

"이미경 씨 말입니다. 여타 고소, 고발인들과 다르게 좀 비협조적이네요. 다른 분들은 어떻게든 하나라도 더 알려주려고 하는데…… 합의를 해서 그런 걸까요?"

김현태의 말에 진우는 고개를 끄덕였다.

"저도 수사관님과 같은 느낌을 받았습니다. 무언가 계속해서 숨기고 싶어 한다는 느낌을 받았거든요."

"어떻게 할까요?"

"일단, 이 사건 좀 더 파봐야겠습니다. 모든 정황이 이상하게 돌아가네요."

"제가 도와드릴 거라도……?"

김현태의 물음에 진우는 웃으며 고개를 가로저었다.

"아뇨. 이런 사건에 가장 큰 도움이 될 수 있는 분이 옆방에 계시거든요."

진우는 그렇게 말하며 자리에서 일어나 재킷을 챙겨 입었다.

"김 계장님, 오늘 점심은 혼자 드셔야 할 것 같습니다. 저는 지금 약속이 생겨서요."

진우는 그렇게 말하며 사무실을 빠져나갔다.

✶

 수사기록이 담긴 종이를 넘기는 소리만이 서필규 검사실을 가득 메우고 있었다.
 모두가 수사기록을 검토하느라 정신이 팔린 그때, 노크 소리가 들려왔고 서필규는 고개를 들어 열리는 문을 바라보았다.
 "어, 현 프로."
 "현 검사님, 어서 오세요."
 서필규를 비롯해 수사관 최태섭과 실무관 오선아가 반갑다는 듯 자리에서 일어나 진우를 향해 인사를 해왔다.
 "안녕하세요. 다들 일하시는데 제가 방해한 건 아니죠?"
 "아유, 방해라니요. 현 검사님이 오시는 건 언제든 환영이죠. 안 그렇습니까?"
 최태섭이 묻자, 서필규는 웃으며 고개를 끄덕였다.
 "그나저나, 무슨 일이야? 일 별로 없냐? 없으면 우리 방 수사기록 좀 가져가. 이 선배는 죽을 것 같다. 이 방에 너 하나 빠졌을 뿐인데, 일이 왜 이렇게 많냐?"
 괜스레 엄살을 떨어오는 서필규의 말에 진우 또한 피식 웃으며 서필규를 바라보았다.
 "곧 점심시간인데 약속 있으십니까?"
 "보자⋯⋯ 시간이 벌써 그렇게 됐냐?"

"예. 오늘 개별적으로 점심을 먹으라고 부장님께서 말씀하셨는데, 약속 없으시면 저랑 같이 식사하시는 게 어떠십니까?"

"그래, 그러자."

서필규는 자리에서 일어나 옷걸이에 걸린 재킷을 걸쳐 입으며, 최태섭과 오선아를 바라보았다.

"두 분도 그만 잠시 멈추시고, 점심 드시고 오세요."

"최 계장님, 실무관님. 제 방 김 계장님이랑 같이 식사 좀 부탁드려요. 서 검사님은 오늘 제가 좀 빌려가겠습니다."

진우의 말에 최태섭과 오선아는 웃으며 옷을 챙겨 입고 사무실을 나섰고, 진우와 서필규도 사무실을 나와 복도를 걸으며 얘기를 나누기 시작했다.

"오늘 네가 사는 거냐?"

"네. 제가 살게요."

"그래? 어디 갈까?"

"구내식당 가시죠?"

진우의 말에 서필규는 미간을 찌푸리며 인상을 썼고, 진우는 그 모습을 바라보며 피식 웃음을 터뜨렸다.

"얘기 나누고, 바로 사무실로 올라가야 할 것 같아서 그렇습니다."

"어휴, 처음으로 현 프로 네가 밥 산다 해서 어떻게 뜯어 먹어야 하나 했더니······."

두 사람은 이런저런 이야기를 나누며, 구내식당으로 향했다.

밥을 배식받고, 일부러 구석에 있는 자리로 향한 진우는 서필규를 바라보며 입을 열었다.

"그래, 무슨 일인데 오늘 밥을 다 사냐?"

"혹시 이화회라고 들어보셨습니까?"

밥을 크게 한 큰술 떠서 입에 넣던 서필규는 진우가 묻자, 눈을 여기저기 굴리며 생각을 하는 듯하다 입을 열기 시작했다.

"이화회? 처음 듣는데. 뭐, 특정 대학교 나온 모임 이런 건 아니지?"

"예. 아닙니다. 계 모임인데 매달 둘째 주 화요일에 모임을 한다고 합니다."

서필규는 계속 얘기해 보라는 듯 진우를 바라보았다.

"월 납입금이 천만 원이라고 하더라고요."

"천만 원?"

서필규의 큰 목소리에 구내식당에서 식사하던 사람들은 두 사람을 바라보았고, 서필규는 크게 말하다 사레가 들린 듯 한참 기침을 하다가 진우가 건넨 물을 마시고는 작게 다시 물었다.

"천만 원?"

"네. 피해자가 피해를 본 금액은 2억 원 정도고요."

"아니…… 그래, 금액은 뭐 많을 수 있다고 치고, 그래서?"

"피해자가 곗돈을 타야 하는 타이밍에 계주가 곗돈을 지급하는 것을 차일피일 미뤘나 봅니다. 그래서 고소를 했고요."

"경찰의 의견은?"

"어찌 되었건, 사기 사건이니 기소 의견으로 송치했습니다."

서필규는 고개를 끄덕이며 진우를 바라보았다.

"근데 뭐가 문제야?"

"고소인과 피의자 둘 다 경찰 조사과정에서 계속해서 말을 바꾼 정황을 발견하고, 고소인을 불러 추가조사를 했는데요."

"했는데?"

"뭔갈 계속해서 숨기려는 듯한 느낌을 받았습니다. 경찰 조사 과정 중 계주가 곗돈을 지급했는데 그 이후부터 두 사람의 말이 바뀌기 시작했습니다. 특히 고소인은 더 이상 일을 키우고 싶지 않은 듯 고소를 취하할 수 없냐 계속해서 물어왔고요."

"뭐, 사기 사건 중에 그런 일이 없지는 않은데, 너는 뭐가 걸리는 거고?"

"네. 고소인은 계 모임에 관한 얘기를 제게 숨기고 싶어 했습니다. 뭔가 들키면 안 되는 모임이라는 듯 말입니다.

또, 조사 중에 계주가 꽤 큰돈을 굴리는 거 같은 느낌을 받았습니다. 그런데 2억 원이라는 돈을 펑크냈다가, 고소를 당하자 바로 돌려주는 것을 보면 뭔가 수상하기도 하고요."

"그럼 피의자 불러서 조사하지 그래?"

"피의자를 부르기 전에 저도 뭔가 정보를 쥐고 있어야 피의자 진술에 신빙성을 따질 수 있을 것 같습니다."

진우가 그렇게 말하자 서필규는 고개를 작게 끄덕이며 입을 열기 시작했다.

"그래서 나한테 원하는 게 있어?"

"네. 선배는 이화회에 대한 정보를 어디선가 구하실 수 있을 거 같아서요."

"내가?"

"아닌가요?"

"아니…… 뭐, 여기저기 전화는 돌려볼 수 있는데…… 기다려 봐."

서필규는 그렇게 말하며 휴대전화를 꺼내 들었다.

"계 모임 이름이 뭐라고?"

"이화회입니다."

"다른 정보는?"

"고소인의 모습이 조금 부유해 보였습니다. 아무래도 강남……."

"오케이. 강남 귀부인들 모임이라 이거지? 그럼 좀 빠르게 찾을 수 있겠네."

서필규는 그렇게 말하며 휴대전화를 조작하기 시작했다.

진우는 그 모습을 바라보며 피식 웃음을 터뜨렸는데, 이전 삶의 서필규 모습과 똑같았기 때문이다.

서필규는 진우와 달리 특유의 친화력으로 인맥 관리를 열심히 하는 타입이었다.

사건 해결이 막히거나, 정보가 필요할 때는 서필규를 찾아가는 검사들이 꽤 많았다.

검사뿐 아니라, 기자, 변호사 등 꽤 촘촘하게 인맥을 관리하는 서필규의 정보력을 두고 서초동 국정원이라고 농담을 하는 검사들도 많았다.

"됐다. 여기저기 연락을 더 돌려보면 좋을 텐데, 내가 아는 사람이 적어서 말이야."

서필규는 정보를 구할 수 없을 때를 대비해 진우에게 변명하듯 얘기했지만, 진우는 서필규의 능력을 믿고 있었다.

"아닙니다. 충분히 도움 될 것 같습니다. 감사합니다."

"뭐, 네가 그렇게 말해준다면야 고맙고. 근데 너무 기대는 하지 말고! 밥 먹자."

다음 날, 여느 때와 같이 진우는 수사기록을 처리해 나가고 있었다.

"검사님, 여기 처리한 건입니다. 제가 검토했을 때는 딱히 이상한 것들이 없었습니다."

수사관 김현태는 수사기록을 검토하고 진우에게 건네왔다.

"고맙습니다. 덕분에 일이 좀 줄어드는 느낌입니다."

"아직도 그 계 모임 관련 사건을 살피시나 봅니다."

진우의 책상 위에 놓인 수사기록을 슬쩍 바라본 김현태가 묻자, 진우는 웃으며 고개를 끄덕였다.

"네. 혹시 제가 빠뜨린 게 없나 보고 있습니다."

"그럼 제가 다른 사건들도 먼저 볼까요?"

"그래 주시겠습니까?"

"제가 하는 일이 그건데요. 당연하죠."

똑똑똑-

진우와 김현태가 대화를 나누고 있을 때, 노크 소리와 함께 사무실의 문이 열렸고, 서필규가 들어왔다.

"서 검사님, 어서 오십시오."

"김 계장님, 별일 없죠?"

"네. 없습니다."

"우리 현 검사가 잘해주나?"

"네. 아주 완벽히 잘해주십니다."

"우리 방에 맛있는 간식 들어왔는데 가서 좀 먹고 오세요."

 서필규가 그렇게 말하자 뭔가 눈치를 챈 김현태는 책상 위에 서류를 내려놓고는 웃으며 진우와 서필규를 바라보았다.

 "저는 서 검사님 방에 가서 좀 쉬다 오겠습니다."

 김현태가 그렇게 말하고 사무실을 나가자, 서필규는 책상에 기대서서 진우를 바라보았다.

 "그 검사에 그 수사관이네. 어떻게 저렇게 눈치가 빨라? 저 수사관도 초임이라며?"

 "그러게요. 제가 복이 좋은 것 같습니다."

 진우는 웃으며 서필규의 말에 답을 했다.

 "네가 나한테 물어본 거 있잖아. 그 이화회."

 "네."

 "그냥 이대로 약식기소 처리하고 넘기는 게 어때?"

 서필규의 말에 진우는 무언가 이상함을 느꼈다.

 서필규가 저렇게 말해오는 것은 무언가 문제가 있다고 느꼈을 거기 때문이다.

 "무슨 문제 있습니까?"

 "그렇게 묻는 거 보니까 약식기소 처리할 생각은 없는 거네?"

 진우는 아무런 대답을 하지 않고 어서 말해보라는 듯 서필규를 바라보았다.

서필규는 손으로 턱을 매만지다 작게 한숨을 내쉬고는 입을 열기 시작했다.

"이화회, 강남 귀족 사모님들의 모임. 곗돈 규모만 2천억 원이 넘어가는 걸로 보이고 판검사 부인은 기본이고 의사, 변호사, 정치인 부인들에 연예인까지 강남에서 나 잘나간다고 하는 사람들이 모인 귀족계야. 그게."

진우는 충격이었다.

이런 큰일이었으면 자신이 몰랐을 리가 없는데 왜 이전 삶의 기억이 없는 것인지 잠시 생각에 빠졌다.

'설마 이전에는 누군가 이 사건을 덮은 건가? 아니면, 그냥 약식기소 처리를 한 건가?'

이전 삶에서는 누군가가 이 사건을 진행하지 말라고 담당 검사에게 외압을 줬거나, 아니면 담당 검사가 그냥 약식기소로 처리했을 거로 생각했다.

그게 아니라면 진우가 몰랐을 리가 없을 것이다.

"왜 대답이 없냐?"

"선배님은 제가 어떻게 했으면 좋겠습니까?"

"말했잖아. 그냥 약식기소 처리하고 덮자고, 네가 물기에는 사건이 더 커질 수 있어."

서필규의 말에 진우는 다시 고민에 빠졌다.

서필규의 말대로 이번 일을 그냥 있는 그대로만 보고 약식기소로 처리하고 끝낼 것인지, 아니면 예전 삶처럼 들이

받아 버릴 것인지 말이다.

분명 이전과는 다른 삶을 살겠다고 다짐했지만, 하루아침에 진우의 성격이 손바닥 뒤집듯 바뀌지는 않았다.

진우는 고소인과 피의자가 감추고 있는 진실이 보고 싶었다.

수사기록을 보는 검사라면 누구나 진우와 같은 생각을 했을 것이다.

그저 사건의 크기에 겁을 먹냐, 먹지 않느냐의 차이였을 뿐이다.

"주 선배라면 그냥 '고!'라고 외쳤겠지만, 나는 아니야. 적당히……."

서필규의 말에 진우는 무언가 번쩍하는 느낌이 들었다.

주성민이라면 분명히 수사를 하자고 했을 것이다.

'이 일이 더 커져 전담 팀을 만들면 분명 주 선배가 팀장이 되겠지. 그리고 모든 여론의 시선이 주 선배가 이끄는 팀으로 향할 테고.'

그렇게 된다면 주성민은 고위직 검사들의 눈에 들 수 있게 된다.

진우가 생각해 왔던 것처럼 말이다.

고위직 검사의 부인이 계 모임의 회원이라고 서필규가 알려왔지만, 단순 계 모임의 계원이라면 수사의 대상이 아니었다.

"곗돈 굴리는 규모가 2천억이 넘는데 단돈 2억을 펑크 내서 고소가 들어온 것도 이상하고, 고소 후에 돈을 바로 변제한 것도 이상하고, 합의 이후 고소인과 피의자 둘 다 말을 바꾸는 것도 이상합니다. 그냥 수사기록을 보면 볼수록 모든 것이 다 이상합니다. 아마도 바깥 분의 사회적 지위 때문에 피해를 보고도 고소를 하지 못한 사람들이 더 많을 겁니다."

"그래서?"

진우는 서필규의 물음에 어떻게 대답해야 하는지 알고 있었다.

글쎄요, 혹은 어떻게 할까요? 제가 할 수 있을까요? 같은 답은 애초에 존재하지 않았다.

하겠다, 혹은 하지 않겠다 둘 중 하나를 택해야 했고, 주성민의 승진을 위해, 그리고 진우 자신을 위해 할 수 있는 답은 오직 하나였다.

"수사 진행하겠습니다."

감추고 있는 진실을 보기 위해서, 그리고 출세를 위해서.

강남의 한 고급 한정식집의 주차장에는 평소 볼 수 없었던 장관이 연출되고 있었다.

고급 외제 차들이 줄지어 주차장으로 들어서기 시작했고, 주차된 차에서 내린 대부분은 중년의 여성들이었다.

그들은 하나같이 도도한 발걸음으로 한정식집으로 들어갔다.

한 남자가 그녀들을 따라 한정식집으로 들어가 2층에 따로 준비된 행사장으로 향했다.

행사장 입구에서는 미리 준비한 것인지 몇몇 인원이 작은 종이 팸플릿을 나눠주었고, 어느새 행사장이 꽉 들어차기 시작했다.

잠시 후, 한정식집 2층에 위치한 대형 행사장에는 한 중년의 여성이 마이크를 잡고 얘기를 하기 시작했다.

"이화회 비상대책위원회 위원장 유선혜입니다. 오늘 계원 여러분들을 이렇게 모신 이유는 앞으로 우리 계원들의 대처 방안에 대해 의견을 나누기 위해서 모셨습니다."

8, 90명쯤 돼 보이는 인원이 행사장을 가득 메우고 있었다.

여성뿐만 아니라 곳곳에서는 남자들의 모습도 보였다.

계원들은 마치 반을 가른 듯 왼쪽에는 아주 고급스러운 옷과 액세서리로 치장한 귀부인들이 도도한 표정을 지으며 자리하고 있었고, 오른쪽에는 중산층으로 보이는 사람들이 불안한 표정으로 자리를 잡고 있었다.

"의견을 나눌 필요 없이 정연숙 고소합시다. 들어보니까 고소하고 돈을 돌려받은 사람도 있더라고요. 그리고 잠적했다던 정연숙, 경찰 조사에는 꼬박꼬박 나간다고 해요."

오른쪽에 있는 계원 한 명이 자리에서 일어나며 큰 소리로 얘기했다.

"집을 담보로 대출받은 돈이에요. 남편은 아직 몰라요. 지금이라도 늦지 않았으니, 계주 정연숙을 고소……."

"아직 설명이 덜 끝났으니 조용히 좀 해주시길 부탁드리겠습니다."

비대위원장 유선혜는 불쾌하단 표정을 지으며 계원을 자리에 앉혔고, 계속해서 말을 이어나갔다.

"오늘 자리는 모든 계원분들의 의견을 듣기 위해 모인 자리니 나중에 발언권을 드리도록 하겠습니다."

유선혜는 마치 오른쪽에 있는 계원들에게는 관심이 없다는 듯이 왼쪽을 바라보며 얘기를 이어나갔다.

"계주 정연숙은 현재 모든 연락이 두절된 상태이고, 여기 오신 계원분들을 포함한 총 계원 300명의 피해액은 209억 원 정도로 추산되고 있습니다."

유선혜의 설명에 행사장은 웅성거리는 소리가 들려오기 시작했다.

전체 피해액의 규모가 상상 이상이었기 때문이다.

"그동안 계주 정연숙은 곗돈을 개인적으로 사용해온 것으로 보이고, 명동 사채시장에서 사채를 대출해 곗돈을 지급한 것으로 조사 결과 밝혀졌습니다. 점점 돈을 빌리는 규모가 커지자 명동 사채시장에 소문이 돌기 시작, 더는 정연숙에게 대출을 해주지 않은 것으로 보이고 정연숙은 그대로 잠적한 것으로 보입니다."

마치 수사 결과를 발표하는 모습처럼 유선혜는 어디서 얻은 정보인지도 모를 정보들을 브리핑하고 있었다.

"그럼 본격적으로 바쁘신 와중에도 계원분들을 모신 이유를 말씀드리겠습니다. 비상대책위원회 내부에서는 정연숙의 고소에 대한 안건을 준비했고, 바로 표결에 부치고자 합니다. 이견 있으신 분 있으신가요?"

유선혜의 브리핑을 듣던 계원들은 유선혜가 본론을 얘기해 오자 기다렸다는 듯 아무 말도 없이 빨리 진행하라는 눈빛을 보냈다.

"그럼 아무런 이견 없으신 것으로 알고, 바로 표결에 들어가겠습니다. 계주 정연숙을 고소하자는 분은 손을 들어 주시길 바랍니다."

유선혜가 표결을 알리자 오른쪽에 있는 계원들은 누가 먼저랄 것도 없이 손을 들어 올렸다.

하지만 왼쪽에 있는 인원들은 놀랍게도 아무도 손을 들지 않았는데 그 모습을 보고 불안해하는 계원들이 웅성거리는 소리가 흘러나왔다.

비상대책위원회의 구성원으로 보이는 한 사람이 열심히

손을 든 계주의 숫자를 센 후 유선혜에게 가서 알렸다.

"오늘 참여하신 계원 93분 중 고소에서 찬성하시는 계원분은 37명입니다."

유선혜가 그렇게 말하자 오른쪽에 자리한 계원들은 자리에서 일어나 삿대질을 하며 큰 소리로 떠들기 시작했다.

"조용! 조용히 해주세요! 여기가 어디라고 품위 없게!"

유선혜는 짜증이 치밀어 오른 듯한 말투로 그렇게 말하고는, 소리치는 계원들을 무시한 채 계속해서 말을 이어나갔다.

"계주 정연숙에 대한 고소를 반대하시는 분들은 손을 들어주시길 바랍니다."

마치 도떼기시장과도 같은 모습을 하는 행사장에서도 조용하고 도도한 자세로 앉아 있던 왼쪽에 있는 계원들이 무더기로 손을 들었고, 오른쪽의 계원들은 표결을 반대하려는 듯 더 크게 소리를 지르기 시작했다.

"오늘 참여하신 계원 93분 중 55명의 계원분들이 고소를 반대하셨습니다. 한 분이 손을 들지 않으셨는데 기권으로 처리하도록 하겠습니다."

유선혜는 그렇게 말하며 단상의 중앙으로 가 모두를 바라보며 이야기를 계속 이어나갔다.

"오늘 이화회 계원 모임의 안건이었던 계주 정연숙에 대한 고소, 고발 건은 반대 55표로 고소는 진행하지 않도록 하겠습니다. 혹시라도 말씀드리지만, 개인적으로 고소, 고발을 진행하신다면 나중에 정연숙이 곗돈을 돌려주더라도 그분들은 뒷순위로 하도록 하겠습니다. 참고로 법적으로는 곗돈을 구제받을 방법이 없다는 것을 아시고……."

유선혜의 말에 한 계원이 손에 들린 휴대전화를 유선혜에게 던졌다.

"악!"

유선혜는 비명을 지르고는 자신을 향해 휴대전화를 던진 사람을 노려보았다.

"이상! 이화회 계원 모임을 마치겠습니다."

유선혜가 모임의 끝을 알리자 왼쪽에 앉아 있던 귀부인들은 혀를 차며 행사장을 빠져나갔고, 비대위원회 구성원들 또한 행사장을 빠져나가 버렸다.

그들이 나가버리자 남은 계원들은 분이 풀리지 않는지 주저앉아 우는 사람부터 책상이며 의자를 마구 던지는 사람까지 나왔다.

아수라장이 된 회의장을 바라보던 한 남자는 크게 한숨을 내쉬고는 회의장 밖으로 빠져나와 휴대전화를 꺼내 들었다.

"선배, 현진우입니다. 경위를 어느 정도 알아낸 것 같습니다. 지금 바로 지검으로 들어가서 보고드리겠습니다. 네, 주 검사님도 함께요."

"······그러니까, 완전 반으로 갈라졌다는 거 아냐?"

몇 시간 후, 진우는 지검으로 돌아오자마자 주성민의 방으로 향했고, 서필규가 정보를 물어다 줘 참석했던 행사장에서 있었던 사건을 설명하자 서필규가 놀란 표정으로 진우를 향해 물어왔다.

"네. 그 이유에 대해서는 본격적인 수사가 시작되고 피해자들을 소환해 봐야 알겠지만, 노골적으로 반으로 갈라져 있었습니다."

"나는 알 것 같은데?"

진우와 서필규의 대화를 듣던 주성민은 꼬고 있던 다리를 풀며 입을 열기 시작했다.

"행색부터 차이가 있었다며?"

"네. 요즘 같은 세상에도 그렇게 차이 날 수가 있나 싶을 정도로······."

"한쪽은 자신의 재산 대부분을 이 계에 투자한 거고, 한쪽은 그 돈이 당분간 없더라도 아쉽지 않은 쪽이지. 오히려 사건이 커지고 계가 밝혀지면 더 안 좋은 쪽 말이야."

진우도 주성민의 의견에 동의했다.

분명, 집을 담보로 대출받은 돈으로 곗돈을 부었다는 피해자가 있었으니까.

"네. 그런 것 같습니다."
"경찰에 고소, 고발 들어온 거 없고?"
"일단, 제 방 김 계장님께 확인해 달라고 말하긴 했는데……."

지이이잉-

진우가 그렇게 말하자 귀신같이 휴대전화가 진동을 토해내기 시작했고, 진우는 휴대전화를 꺼내 통화 버튼을 눌렀다.

"네. 김 계장님. 네네, 그래요? 아뇨, 일단은 아무 말도 하지 말아주세요. 네, 알겠습니다."

진우는 전화를 끊자마자 주성민과 서필규를 바라보았다.

"강남 경찰서에 정연숙의 이름으로 고소가 들어온 게 세 건이 있다고 합니다."

"그래?"

"수사지휘 하지?"

서필규가 그렇게 말하자 진우는 고개를 가로저었다.

"경찰에는 수사지휘가 아닌 일괄 송치 지휘를 해야 할 것 같습니다. 사안 송치로요."

사안 송치는 경찰에서 기소, 불기소 의견을 내지 않고 검찰에 사건 자체를 넘기는 것을 뜻했다.

진우는 이 사건을 처음부터 검찰에서 수사해야 한다고 생각했다.

그래야 목표했듯 사건을 키우기 쉬워지고, 사건을 해결했을 때는 경찰의 공이 아닌, 온전히 검찰의 공이 되었기 때문이다.

진우가 그렇게 말하자 서필규는 놀란 표정으로 진우를 바라보았다.

"야, 인마. 그러면 사건 커져. 일괄 송치가 어디 쉽냐? 부장님 결재 떨어져야 하고 더 위로 올라가서 차장검사님, 아니, 지검장님에게도 보고가 올라가야 하는데."

"네. 사건 키우려고 그러는 겁니다."

"뭐?"

서필규는 두 눈을 동그랗게 뜨고 놀란 표정으로 진우를 바라보았고, 주성민은 흥미롭다는 표정으로 진우를 바라보며 입을 열었다.

"사건을 키운다고? 이유가 있나?"

"이 사건에서 피해를 본 대상은 중산층입니다. 선배님께서 말씀하셨듯이 사회 고위층 사모님들은 당장 그 돈이 없어도 아쉽지 않겠죠."

"중산층을 배려하자는 거야? 현 검사, 그렇게 감정적으로 수사를 하면……."

"아뇨. 중산층을 배려하는 게 아니라 선배님이 여론의 영웅이 되실 수 있는 사건이라서입니다."

진우가 그렇게 말하자 주성민과 서필규는 다시 한번 놀

란 표정으로 진우를 바라보았다.

"영웅이라니?"

"이 사건이 본격적으로 수면 위로 올라오게 되면 여론은 사회 고위층에게는 비난을, 중산층에게는 감정 이입을 하게 되겠죠."

"……."

"이 사건을 말끔히 해결한 검사 주성민은 당분간 언론에 이름이 오르내리며 영웅이 될 테고요."

진우의 말에 주성민은 미간을 찌푸리며 진우를 바라보았다.

"내가 영웅이 되어야 하는 이유가 있나?"

"네. 곧 9월입니다."

9월은 검찰의 하반기 정기 인사가 있는 달이었다.

그리고 주성민은 서울중앙지검에서 2년이란 시간을 채웠고, 하방 인사 원칙에 따르면 지방으로 2년간 순환 근무를 하러 갈 타이밍이었다.

진우는 주성민이 2년간 지방에 내려가서 시간을 버리는 것이 아깝다고 생각했다.

적어도 수도권으로 가야 했고, 베스트는 검사 출세의 트라이앵글이라 불리는 법무부, 대검, 서울중앙지검 중 한 곳으로 입성해야 했다.

서울중앙지검은 현재의 근무지니 제외하면, 선택지는

두 곳뿐이었다.

줄어버린 선택지 때문에 사건을 더 크게 키워야 했다.

정말 모두의 시선이 이곳 중앙지검 형사7부로 향할 수 있도록 말이다.

더 뭉개고 있을 시간이 진우와 주성민에게는 없었다.

"그러니까, 지금 나보고 인사, 아니, 승진을 위해서 이 사건을 맡으라 이 말이야?"

"네. 지금 지방 내려가시면 형사부 검사로 검찰 생활 마무리하실 겁니다."

진우의 말에 주성민의 입술은 들썩거렸고, 눈가는 미세하게 떨리기 시작했다.

"선배님이 하고 싶은 수사, 더 높은 곳까지 올라가시게 되면 마음껏 하실 수 있습니다."

진우는 주성민이 자신과 같은 실수를 하지 않길 원했다.

"저는 사건 기록을 좀 더 조사하며 기다리겠습니다. 이제 선배님이 선택하실 차례입니다."

진우는 그렇게 말하며 주성민 검사실을 나가버렸고, 서필규는 자신이 알던 진우의 모습이 맞나 두 눈을 크게 뜨고는 연신 뺨을 두드렸다.

다음 날, 서울중앙지검 형사7부 부장검사실.

부장검사 김용환의 주재로 아침 회의가 열리고 있었다.

"요즘 우리 부에 마감 빵꾸 내는 검사가 없어가 이게 무슨 일인가 싶네. 부장 회의 들어가면 차장님이 우리 부서를 침이 마르도록 칭찬하시는데, 그래가 요즘 내 기분이 참 좋다."

김용환은 뭐가 그리도 기분이 좋은지 연신 싱글벙글 웃으며 이야기를 이어나갔다.

"특히, 고영주 1심에 5년 형 받은 거, 주 검사 수고 많았다. 지검장님도 그렇고, 총장님까지 칭찬하시네. 고영주 항소 한다 카제?"

"감사합니다. 일단은 항소한다고 변호인이 언론에 흘린 것으로 알고 있습니다."

주성민의 무미건조한 감사 인사에 김용환은 입술을 삐쭉 내밀었다.

요 며칠 살가운 말투와 행동을 하길래 드디어 주성민이 유하게 변하나 싶었더니, 다시 원래 모습으로 돌아가 버렸기 때문이다.

김용환은 기대도 안 했다는 듯 콧방귀를 뀌고는 서필규를 바라보았다.

이럴 때 분위기를 띄우는 데는 서필규만 한 선수가 없었기 때문이다.

"우리 서 프로, 니도 요즘 마감 빵꾸 안 내던데 무슨 일이고?"

"열심히 해야지요. 나랏돈으로 월급을 받는 공무원인데요."

김용환은 평소 장난을 치며 말해오던 서필규마저 무언가 근심이라는 표정과 말투로 말해오자 들고 있던 서류를 책상 위로 던지고는 모두를 바라보았다.

"뭐고? 오늘 회의 분위기 와 이렇게 침울한데? 부장인 내는 모르는 일이 있나? 뒷방 늙은이 취급하나?"

김용환은 아침 회의 분위기가 좋지 않자 화가 난 듯 모두를 향해 소리를 질렀다.

아무래도 자신이 모르는 무언가가 있는 듯한 기류가 흘렀기 때문이다.

"주성민이."

"네. 부장님."

"부부장은 모른다는 눈치니까 네가 말해라."

부부장 윤철주 또한 오늘 회의 분위기가 이상하다는 듯한 표정으로 앉아 있었다.

김용환에게 지목당한 주성민이 심각한 표정으로 입을 꾹 다물고 있자 김용환은 미치고 팔짝 뛸 지경이었다.

분명 형사7부 내부에 미묘한 기운이 흐르는데 최고 선임인 자신은 모르고 있다는 게 화가 났다.

"말해보라 캐도!"

자신이 물었음에도 입을 다물고 있는 주성민의 모습에 화가 난 김용환은 버럭 소리를 질렀다.

두 눈을 감고 무언가 생각을 정리하던 주성민은 앉은 자리 옆에 따로 준비해 둔 서류를 김용환에게 건넸다.

"이게 머고?"

"부장님께 보고드려야 할 것 같아서 준비했습니다."

주성민이 건넨 보고서를 읽어 내려가는 김용환의 눈썹은 시시각각 변해갔는데 모두가 그의 입만을 바라보고 있었다.

"⋯⋯이번에도 현 검사가?"

한참 보고서를 읽어 내려가던 김용환은 서류를 내려놓고는 진우를 바라보았다.

"이번에도 현 검사, 네가 추가조사 하자고 했네?"

"네. 조금 조사해 보니 사건의 크기가 커질 것 같아 주수석님께 찾아갔습니다."

"그래서 주 검사랑 서 검사는 이걸 미리 알고 그렇게 진지한 표정들을 짓고 있었고?"

드디어 무슨 일인지 알겠다는 듯 김용환은 헛웃음을 뱉으며 세 사람을 바라보았다.

"현진우."

"네. 부장님."

"2천억 원, 이거 진짜가?"

"네. 피해액은 아니고요. 이화회에서 굴리는 곗돈 규모입니다."

"근데 최근에 곗돈 지급에 빵꾸가 나기 시작했고?"

"네."

"그라면, 여기 보고서에 적힌 피해자가 두 가지 부류인데…… 니가 생각하는 건 뭐고?"

"계주 정연숙이 지급해야 할 곗돈에 펑크가 나기 시작하자 사채시장에 손을 벌렸고, 사채마저 막히자 서민 위주의 계원을 모으기 시작한 것 같습니다."

"전형적인 돌려막기다 이 말이가?"

"네. 그것도 아주 질이 좋지 않은 돌려막기입니다. 고위층의 돈을 메꿔주기 위해 서민들의 돈을 갈취한 거나 다름없으니까요."

"하…… 그렇긴 한데. 이거 사건이 커지겠는데, 주 프로."

김용환은 심각한 표정으로 한숨을 내쉬고는 주성민을 불렀다.

"네. 부장님."

"보고서에 와 니 생각은 안 적혀 있는데. 니는 어쨌으면 좋겠는지 말해봐라."

말석에 앉아 그 모습을 바라보던 진우는 주성민의 표정을 살피기 시작했다.

여기서 주성민이 사건을 하겠다고 선언해야 했다.

'내가 줄을 잘못 잡은 게 아니어야 할 텐데……'

주성민이 내 생각과 다르게 선택을 한다면, 진우는 모든 것을 처음부터 다시 시작해야 했다.

주성민이 포함된 계획에서 주성민을 제외해야 했다.

김용환의 말에 주성민은 작게 한숨을 내쉬고는 무언가 결심한 듯 결연한 눈빛으로 김용환을 바라보았다.

"경찰에 들어와 있는 고소 건들 전부 일괄 송치받았으면 합니다."

"일괄 송치?"

"네."

"처음부터 우리가 하잔 말이가?"

"네. 제가 책임지고 한번 해보겠습니다. 부탁드리겠습니다."

주성민은 자리에서 일어나 김용환을 향해 90도로 허리를 숙였고, 그 모습을 바라보던 모두가 놀란 표정을 지었다.

"야야, 인마 이거 와 이라는데. 고개 들어라."

김용환은 당황스러운 듯 주성민을 향해 손짓했지만, 깊이 숙여진 주성민의 고개는 들릴 줄 모르고 있었다.

"일괄 송치가 명령을 할라 카면 지검장님한테까지 보고

올라가야 하고, 대검에까지 가야 할 수도 있다. 알제?"

"네. 알고 있습니다."

"하고 싶나?"

"예! 제가 하고 싶습니다."

진우는 고개를 90도로 박고 김용환에게 부탁하는 주성민의 모습을 바라보며 안도의 한숨을 내쉬었다.

'결심했나 보네.'

진우는 주성민 스스로가 변해야 한다고 생각했다.

주성민이 이 조직에서 살아남고 싶어 하냐가 중요했고, 이번 사건으로 그의 마음속에 있는 출세욕을 끌어내고 싶었다.

아무리 옆에서 바람을 넣는다고 해도 본인 스스로가 출세 욕구가 없다면, 하나 마나 한 일이었다.

"하…… 윤 부부장 니 생각은 어떤데? 네가 팀 맡아볼래?"

김용환은 그래도 상급자인 윤철주 부부장은 건너뛸 수 없다는 듯 윤철주를 향해 물었다.

"부장님, 저 곧…… 수사에서 손 뗍니다."

"아, 그래. 곧 9월이제."

윤철주는 부장검사 승진이 확정된 자리에 있었기 때문에 거절했고, 이유를 이해한다는 듯 김용환은 고개를 끄덕였다.

"야, 주 프로 앉아라. 회의 끝나고 차장검사님 뵙고 올

테니까."

"감사합니다!"

김용환의 말에 주성민은 다시 한번 큰 소리로 고마운 마음을 전했고, 김용환은 그런 주성민의 모습이 영 기분 나쁘지는 않은지 피식 웃었다.

"좋다! 이거 수사팀장은 주성민 검사가 하고, 서 프로!"

"예! 부장님! 서필규 여기 있습니다!"

"얼씨구, 인마 이거 아까는 침울한 표정으로 앉아 있더만, 고새 또 성격 바뀐 거 봐라."

김용환은 그런 서필규가 밉지는 않다는 듯 웃으며 서필규를 바라보았고, 서필규도 특유의 넉살을 부리며 뒤통수를 긁적였다.

"서 검사, 니가 주 프로 도와라. 알았나?"

"넵! 알겠습니다."

"조용히 대답해라, 인마. 귀 째진다. 그라고 현진우."

"네. 부장님."

"이거 또 네가 물었네. 범상치 않은 놈인 건 알았다만, 우째 니 방에 가는 사건들은 하나같이 이렇게 규모가 커지는지 알다가도 모를 일이네."

김용환은 신기하다는 듯한 표정으로 진우를 바라보았다.

"아, 머라 카는 건 아이고. 잘한다고 칭찬한 거니까 좋아해도 된다."

"감사합니다."

"감사는 무슨, 현 검사 니도 주성민이한테 붙어라. 어쨌거나 니가 냄새 맡고 쫓은 사건인데 니도 같이하는 게 맞지 않겠나?"

"네. 알겠습니다."

"아이고, 사기꾼 자석들 때문에 부서에 바람 잘 날이 하루도 없네. 세 사람이 당분간 이 사건을 맡으니까 다른 방 사람들은 힘들더라도 마감 앞둔 사건들을 좀 도와주고 알았나?"

"네, 알겠습니다."

김용환이 말하자, 다들 크게 대답하고는 그렇게 형사7부의 아침 회의는 끝이 났다.

"그렇게 말을 하고 나가 버리면 어떡하냐? 이 자식아, 주 선배님 얼마나 고민하셨는지 알아?"

회의가 끝나고 진우는 방으로 돌아왔는데, 서필규는 옆에서 진우를 꾸짖으며 방까지 따라 들어온 상황이었다.

"죄송합니다. 그때는 그 방법밖에 없다고 생각했습니다. 제가 너무 건방졌을까요?"

"응. 아주 많이 겁나 건방졌지. 근데 네 말대로 그 방법

말고는 주 검사님의 의욕에 불을 댕길 방법이 없긴 했지."

서필규는 팔짱을 끼고 벽에 기대서서 고개를 끄덕이며 진우를 바라보았다.

"그나저나 사건이 장난 아니긴 하네. 2천억 원 규모면, 대충 펑크 난 돈이 반절이라고 봐도 되는 거 아냐?"

"사실 그냥 2천억 원 자체가 없어졌을 수도 있습니다."

"그 돈을 어디에다 썼을까?"

"정연숙을 소환해서 물어봐야겠죠. 말이 2천억 원이지 상상도 불가능한 규모니까요."

"그러게 말이야. 그럼 그 이미경이란 고소인하고 합의한 것도 새로 들어온 사람들의 곗돈으로 막은 건가?"

"네. 그렇게 보입니다. 그리고 이번에 계원들의 비상 대책 회의에 가서 느낀 건데, 이미경도 다른 회원들에게 압박을 받았던 것 같습니다."

"그게 신기해. 아무리 돈이 많다고 해도 계주가 잠적을 했는데 신고하지 않을 생각을 한다는 게 말이야."

"그들의 입장에서는 어떻게든 계가 굴러가는 걸 원했을 겁니다. 정연숙이 자기들의 돈은 펑크 내지 않을 것을 알기 때문입니다."

진우의 말에 서필규는 미간을 잔뜩 찌푸리며 입을 열었다.

"그렇지. 지금처럼 아파트 보증금이며 노후 자금이며 끌어와서 자신들의 돈을 메꾸는 것을 봤으니까."

"네. 피해가 더 커지기 전에 정연숙을 우리가 잡아야 합니다. 그리고 말씀드렸듯이."

"주 선배를 영웅으로 만든다?"

"네. 그게 제가 사는 방법이라고 느꼈습니다."

"아니지."

서필규는 손가락을 좌우로 까딱거리며 진우를 바라보았다.

"우리가 사는 방법이지. 나도 주 선배 줄 잡았다. 너만 잡은 거 아냐. 그리고 인마, 내가 먼저 잡았어. 자식이, 이 선배는 쏙 빼놓고. 너 이 정보 누가 물어다 줬어?"

서필규의 말에 진우는 씩 웃으며 입을 열었다.

"선배님께서 제공해 주셨죠."

"그래. 어떻게 보면 내 공이 1등이니까, 탐내지 마."

"네. 알겠습니다."

두 사람이 한참 웃으며 농담을 주고받고 있을 때 진우의 사무실 문이 열렸고, 그곳에는 주성민이 서 있었다.

"선배님 오셨습니까."

주성민을 보고 진우와 서필규는 자리에서 일어나 고개를 숙였다.

진우는 주성민에게 어떻게 말을 해야 할지 고민하기 시작했다.

의도가 어쨌든 어제 자신의 모습은 충분히 건방진 태도

였기 때문이다.

"선배님, 어제는 죄송……."

"뭐 해? 안 나오고."

진우가 조심스레 죄송하다는 말을 건네자 주성민은 말을 끊고 두 사람을 향해 큰 소리로 물었다.

"회의실에 임시 사무실 차렸다. 그리고 지검장님 오더 떨어졌어. 오늘 중으로 경찰에서 일괄 송치될 거다. 시간 없으니 빨리 나와."

주성민은 그렇게 말하고는 걸음을 옮겼고, 서필규는 웃으며 진우를 바라보았다.

"저 양반, 이미 너를 용서했나 본데? 빨리 가자. 주 선배 맘 변하기 전에."

서필규는 그렇게 말하며. 사무실 밖으로 발걸음을 옮겼고, 진우는 피식 웃으며 두 사람을 따라나섰다.

이화회 수사팀이 사용할 임시 사무실.

주성민은 창밖 대로를 지나가는 차들을 보며 생각에 잠겼다.

모르긴 몰라도 검사 인생 13년 중 요즘같이 감정이 롤러코스터 타듯 변한 시기는 없었던 거 같았다.

이 모든 것이 막내 초임검사가 새로 들어오면서 생긴 일이었다.

마치 자신이 살아온 인생이 잘못되었다고 말해오는 듯한 초임검사의 행동이 거슬릴 법도 한데…… 영 기분이 나쁘지 않았다.

"선배님, 저희 왔습니다."

그때 상념을 깨는 목소리가 들려왔고, 주성민은 사무실로 들어오는 진우와 서필규를 바라보았다.

"몇 가지 약속부터 하지."

주성민은 진지한 표정으로 진우를 바라보며 이야기를 이어나갔다.

"첫째, 없는 사건을 만들어내는 짓. 나는 안 한다."

진우는 주성민의 말을 들으며 고개를 끄덕였다.

자신도 그런 짓까지는 하고 싶지 않았다.

"둘째, 표적 수사 안 한다."

주성민은 마치 진우를 향해 무언가 약속을 받아내야겠다는 듯 계속해서 말을 이어나갔다.

"셋째, 청탁 수사 안 한다."

주성민은 진지한 표정으로 진우를 바라보았다.

"약속할 수 있겠지?"

"그 외에는 가능하십니까?"

"뭐?"

진우의 물음에 주성민은 놀란 듯한 목소리로 되물었다.

그저 약속하겠다고 답할 줄 알았더니, 의외의 되물음이 돌아왔기 때문이다.

"세 가지 조건 외에는 무엇이라도 하실 수 있냐는 말입니다."

주성민은 생각에 빠졌다.

자신의 앞에 서 있는 초임검사는 늘 이런 식이었다.

말을 할 때마다 자신을 시험에 빠지게 하는 사람이었다.

"무엇이라도의 범위는 어디까지냐?"

"글쎄요. 확실하게 말씀드리긴 어렵습니다."

"말은 해줄 수 없다······."

"다만, 선배님께서 할 수 없는 일이라고 말씀하신다면, 저도 강요는 하지 않겠습니다."

진우는 진심이었다.

생각했던 대로 수단과 방법을 가리지 않는다면 쉽게 갈 수 있었지만, 자신이 하루아침에 쉽게 바뀔 수 없듯 주성민도 마찬가지라고 생각했다.

자신이 제시하는 방법을 주성민이 거절한다면, 어렵겠지만 돌아가는 방법을 택하는 방법도 있었다.

"강요는 하지 않겠다······."

"네. 대신 방법이 어려워지긴 하겠지만, 어쨌든 선배님과 함께 가기로 생각한 이상 강요는 하지 않겠습니다."

진우의 말에 드디어 무언가 결심한 듯 주성민은 웃으며 진우를 바라보았다.

"좋다. 그럼 이제 우리를 한배를 탄 건가?"

"네. 선배님만 선택하시면 될 일이었습니다."

진우가 그렇게 말하자, 고개를 끄덕인 주성민은 서필규를 바라보았다.

"너는 왜 말 안 해?"

"에이, 선배. 당연한 거 아닙니까? 제 부사수인 진우가 선배를 선택했으니 당연히 이 사수도 선배와 함께 가야죠."

"좋아. 다들 생각이 같은 것 같네. 현진우."

"네. 선배님."

주성민은 진지한 표정으로 진우를 바라보았다.

"이제 우리 앞에서 네 모습을 속일 필요는 없을 것 같다."

"……."

"네가 다른 초임이랑 다른 거 이제 나도 알고, 저기 앉아 있는 서 검사도 알아. 그러니 숨기는 거 없이 네 생각을 확실하게 말해봐. 수사 시작 어떻게 했으면 좋겠어?"

진우는 잠시 망설였다.

말하는 그대로를 받아들여야 하는지 아니면 주성민의 다른 속뜻이 있는 것인지 알아야 했다.

"혹시라도 내가 다른 뜻이 있을 거라 생각한다면, 그런 생각 하지 않아도 된다. 말했듯 우리는 한배를 탔고, 나는 너를 믿으니까. 그저 네가 짠 판에 대해 듣고 싶은 것뿐이다."

주성민은 마치 진우의 속을 꿰뚫어 본다는 듯 얘기해 왔다.

진우는 고개를 끄덕이며 입을 열기 시작했다.

"평소 친하게 지낸 기자가 있으십니까?"

"기자? 나는 동기 한 놈뿐이야."

주성민의 답에 진우는 서필규를 바라보았다.

"나? 글쎄 한 열 명쯤 되려나······."

서필규의 대답에 진우는 씩 웃었다. 어쩌면 이번 일의 중심에는 서필규의 인맥이 한몫하고 있었기 때문이다.

"수사의 시작 단계인 지금부터 모든 정보를 오픈해야 합니다."

"오픈한다는 건?"

"일단 피의자의 피의사실에 대한 증거를 확실하게 확보한 후 하나둘 언론에 정보를 오픈하는 방식으로요."

"그래서 아는 기자들을 물었군?"

"네. 그들을 통해 이 사건에 대한 궁금증을 키워야 합니다. 그리고 국민의 알 권리를 위해 정보를 오픈하라는 말이 나오면 주 선배께서 직접 수사에 대한 브리핑을 하셔야 합니다. 말씀드렸듯 이 사건을 처리하면서 우리가 봐야 할 첫 번째 이득은 주성민 영웅 만들기입니다."

"영웅 만들기라는 말······ 계속 들어도 어색하네."

주성민의 말에 진우는 씩 웃으며 이야기를 이어나갔다.

"어쨌든 2천억 규모의 귀족계라는 타이틀의 기사가 나가면 여론은 끓어오를 겁니다. 그것도 고위직들의 돈을 지키기 위해 서민들의 돈을 갈취했다면 더더욱이요."

"언론에 흘리자는 건 그 이유가 다인가?"

"아닙니다. 한 가지 더 있습니다. 수사를 원하지 않는 계원들이 사회 고위층이라는 점도 고려해야 합니다."

"사회 고위층이라……."

주성민이 스스로 답을 냈으면 하는 마음에서 진우는 자신의 말에 고민하는 주성민을 바라보고만 있었다.

잠시 생각을 이어나가던 주성민은 무언가 떠올랐는지 고개를 끄덕이며 입을 열었다.

"사건을 방해해 오는 시도를 차단하기 위해서군."

"그렇습니다."

"피의사실공표는 금지인데 말이야."

"상대는 온갖 인맥을 다 동원해 우리의 수사를 방해하려고 할 겁니다. 그런데도 페어플레이를 원하십니까?"

진우의 말에 주성민은 아무런 대답이 없이 생각에 잠겼다.

진우의 말처럼 피의자와 고소전을 원하지 않는 이화회의 계원들은 자신들의 신분을 이용해 수사를 누르려는 행위를 해올 것이 뻔해 보였기 때문이다.

"말씀드렸듯, 피의사실에 대한 증거 모으기가 우선입니

다. 확실한 증거를 확보 후 언론에 흘린다면 위법성의 조각을 따지기도 힘들겠지요."

"좋아, 한번 해보지. 지검장 오더가 떨어졌으니, 오늘 오후 중으로 강남경찰서에서 이화회와 관련된 사건을 일괄 송치한다고 알려왔다."

주성민은 한 번 결정한 것에 대해서는 번복이 없다는 듯 자리에서 일어나 진우와 서필규를 향해 수사지휘를 하기 시작했다.

"서필규."

"네. 선배."

"너는 바로 피해자들 소환해서 조사 시작한다."

"알겠습니다."

"그리고 현진우."

"네."

"바로 계주 정연숙 계좌에 대한 압수수색 영장부터 치자. 그리고 출국 금지도 걸고."

"알겠습니다."

"자, 당분간은 이 사건에 집중하는 것으로 하고, 확실하게 증거부터 확보한다."

주성민의 교통정리가 끝이 나자, 진우와 서필규 모두는 재빠르게 움직이기 시작했다.

✳

"자, 시작하자."

일주일 후, 서울중앙지검 제1차장검사실.

어느 정도 조사가 끝나자 주성민을 위시한 수사팀은 차장검사실에서 수사에 대해 브리핑을 해나가기 시작했다.

"지난 2004년, 이화회 계주 정연숙은 평소 강남 귀족 사모님들 사이에서 마당발로 유명한 연예인 한 씨를 포섭, 한 씨를 앞세워 신뢰도를 높이는 방식으로 계 모임인 이화회를 만들었습니다."

주성민의 브리핑이 시작되자 차장검사 이현우는 담배를 꺼내 입에 물었다.

"친목계인가?"

이현우의 물음에 주성민은 화면을 다음 장으로 넘겨 보고를 이어나갔다.

"일반적으로 계 모임은 차장님께서 말씀하신 대로 서로 아는 사람을 통해 친목 모임으로 운영되지만, 정 씨가 운영하던 이화회는 시작부터 달랐습니다."

화면에는 마치 범죄 조직의 조직도처럼 보이는 이화회의 조직도가 떠 있었다.

"사회 고위직의 특성상 신분 노출을 꺼린다는 점을 이용, 조별로 인원을 나눠 점조직 형태로 계 모임을 운영해

왔습니다. 이름은 매월 둘째 주 화요일에 모인다는 뜻의 이화회지만, 실상은 하루도 거르지 않고 조별로 나누어진 계원들에 의해 모임이 돌아간 것으로 보입니다."

주성민의 보고에 차장검사 이현우는 고개를 끄덕이기 시작했다.

화면에 떠 있는 조직도만 봐도 기업체 형식으로 운영되던 계 모임이라는 것을 알 수 있었다.

"매월 납입되는 곗돈의 규모만 90억 원에 이르며 지급되는 곗돈의 규모는 70억 원이었습니다. 하지만 지난해 11월부터 신규 회원의 가입이 줄자, 자금 압박이 시작된 것으로 보입니다."

"2,400억 원 규모의 계 모임이라며? 70억을 지급하지 못해 자금 압박이 시작되었다는 것은 계주가 곗돈을 자기 마음대로 사용했다는 건가?"

"네. 그렇습니다. 계주 정 씨는 약 1,700억 원가량을 철강회사를 인수하는 등 개인적으로 사용한 정황을 발견했습니다."

주성민의 말에 회의실 안에 있던 간부들은 작게 탄성을 내질렀다.

"철강회사는 왜?"

"그 부분은 정연숙을 직접 소환해 중점적으로 캐물을 예정입니다."

"보고 계속해 봐."

"앞서 보고드린 대로 지난해 11월부터 자금 압박이 시작되자 정 씨는 귀족계를 표방하던 것에서 탈피, 강남 이외의 지역에서 중산층과 서민들을 상대로 계원들을 모집하기 시작합니다."

주성민은 화면을 넘기며 브리핑을 이어나갔다.

"문제는 새로 가입한 계원들은 자신이 가입한 계 모임이 정연숙이 운영하는 이화회인 것을 몰랐다는 것입니다. 철저하게 점조직 형태로 운영해 나가는 것을 유지하기 위해 정연숙은 새끼 계주들을 여러 명 두기 시작했습니다."

"새끼 계주?"

"네. 정연숙을 정점으로 약 40명의 계주가 더 있었습니다."

"하, 기업의 계열사 형태군?"

"그렇습니다. 새끼 계주 밑에 있던 계원들은 자신도 모르는 새 이화회의 회원이 되었고, 그들을 통해 신규로 들어온 곗돈을 사회 고위층에게 지급해야 할 곗돈으로 사용했습니다."

"전형적인 돌려 막기군."

이현우는 크게 한숨을 내쉬었다.

생각보다 피해 규모가 커질 수도 있는 문제였기 때문이다.

"올해 4월 초, 새끼 계주들에 의해 가입한 서민층과 중산층에게 지급해야 할 곗돈마저 펑크가 나자, 정연숙은 잠적한 것으로 보입니다."

"그렇게 큰 규모인데 왜 고소, 고발 건은 적은 거지?"

"첫째, 점조직 형태로 운영했던 것이 주요했던 것 같습니다. 돈을 돌려받지 못한 계원들은 정연숙의 존재조차도 몰랐던 것으로 보이며 새끼 계주를 고발, 그때마다 정연숙은 돈을 지급하여 고소, 고발을 막아온 것으로 보입니다."

"고소를 한 사람에게만 돈을 돌려주었다 이거군?"

"네. 그리고 이화회의 사회 고위층 계원들은 정연숙을 고소하길 원하지 않았습니다."

이현우 차장검사는 흥미롭다는 듯 주성민의 말에 집중하기 시작했다.

"그들은 정연숙이 자신들의 돈을 최우선으로 변제할 것이라는 것을 알고, 정연숙을 고소해 계 모임을 파투내는 것보다 계속해서 운영해 나가는 것을 원했던 거 같습니다."

"하…… 그러니까, 서민과 중산층 계원들의 돈을 모아 자신들에게 지급하길 원했다 이거군?"

"요약하자면 그렇습니다."

이현우는 머리가 지끈거리는 듯 한참 관자놀이를 주무르다 주성민을 바라보았다.

"그래서 지금 고소 들어온 건 다섯 건이 다인가?"

"네. 다섯 건의 피해 규모는 7억 원입니다."

"어떻게 할 거야?"

"계주 정연숙은 두 번의 소환 조사 이후 연락이 끊긴 상태입니다."

"해외로 나른 건 아니지?"

"네. 수사를 개시한 순간부터 출국 금지 조치를 취했습니다."

"잘했어. 어디로 잠적한지는 알고 있고?"

"네. 새끼 계주 한 씨를 통해 모처에 잠적하고 있다는 첩보를 입수했습니다."

"좋아. 바로 구속영장 청구 준비하고, 자신이 지금 사기당하였는지도 모르고 있을 피해자들이 이 정보를 알고, 정연숙을 고소할 수 있도록 수사 정보 언론에 오픈해."

차장검사의 공식적인 명령이 떨어지자 주성민은 활짝 웃으며 고개를 숙였다.

"네, 알겠습니다."

CHAPTER 5

"선배!"

아침 출근길, 지검 앞을 걷던 서필규는 자신을 부르는 목소리에 뒤를 돌아보았다.

"어! 유 기자."

같은 대학 출신의 검찰청 출입 기자가 서필규를 보고 빠른 걸음으로 다가왔다.

"어제 주성민 검사님 발표 봤어요."

"아, 그래? 그거 나도 거기 수사팀이야."

"아! 정말요? 잘됐네요."

"뭐가 잘돼?"

"안 그래도 오늘 형사7부에 한번 가 봐야 하나 했는데, 선배를 만났으니 좀 물어봐야겠네."

서필규는 자신을 향해 웃으며 말해오는 후배 기자를 바

라보며 피식 웃음을 터뜨렸다.

"이거 꼬리 어디서 잡은 거예요? 아니, 선배도 알다시피 곗돈 사기로 접수되는 사건이 한두 개가 아닌데."

"그건 그렇지. 우리도 처음에는 그냥 곗돈 사기인 줄 알았어. 그런데 고소인이랑 피의자가 계속 말이 바뀌더라고. 직감적으로 알아차린 거지. 아, 뭔가 있구나."

"말이 어떻게 바뀌었는데 그래요?"

"고소인이 처음엔 계 모임에 대해 다 알려줄 듯 말하다가, 합의 이후에는 계 모임에 대해 숨기려고 한 거지. 계 모임의 규모가 좀 큰 거 같다고 느끼고, 피해자가 더 있을까 싶어서 인지 수사한 거고."

"아이고, 그래요? 역시 형사7부네. 고영주도 잡았잖아요."

후배 기자는 서필규의 입이 닫힐까 봐 최대한 공감하며 얘기를 듣고 있었다.

검사들 대부분이 이렇게 공감하듯 들어주면, 아무리 비밀이더라도 입이 열렸기 때문이다.

"그래서요? 수사를 해나가다 보니까 피해자가 많았던 거고?"

"그렇지. 앓고 있는 피해자들이 많더라고. 그런데 강남 귀족 사모님들이야 정체가 밝혀지면 좋은 게 없으니 쉬쉬하면서 고소를 안 하는 쪽으로 얘기가 됐나 보더라고."

"에헤이, 그런다고 이게 묻히나."

"그러니까 말이야."

"고위직 사모님들이 많다면서요? 외압은 없고?"

"아직은 없어. 우리도 위에서 지시받고 수사하는 건데 누가 내리찍으려고 하겠어?"

"그래도 혹시 그런 일이 있으면……."

"아, 당연히 우리 후배한테 줘야지."

서필규의 말에 후배 기자는 웃으며 고개를 90도로 숙였다.

"감사합니다! 선배님! 혹시 지금 나눈 얘기 기사화해도 될까요? 지금 여론이 한참 끓어오르는데 아시다시피 국민의 알 권리가 있잖아요. 또 이런 전말 기사 나가면 좋아할 테고요."

후배의 말에 서필규는 속으로 피식 비웃었다.

순전히 언론사의 욕심이 국민의 알 권리라는 이름으로 포장되었기 때문이다.

뭐, 언론을 이용하려는 입장에서는 나쁘지 않았다.

"그럼. 알 권리 중요하지. 대신 익명으로, 그리고 알지?"

"그럼요! 우리 선배님 마사지해 드려야지."

"나 말고, 우리 수사팀장을 마사지해 줘."

"주성민 선배요?"

"그래. 주 선배님이 잘돼야 우리도 잘될 거 아냐."

"알겠습니다! 선배님, 그럼 전 이만 가 보겠습니다. 충성!"

서필규는 자신을 향해 거수경례를 하고 재빠르게 검찰청 안으로 뛰어가는 후배 기자를 보며 휴대전화를 꺼내 들고 메시지를 작성하기 시작했다.

 [현 프로, 사건 살짝 흘렸다.]

 그렇게 메시지를 보내자 얼마 지나지 않아 답장이 도착했다.

 [선배님, 수고하셨습니다.]

 서필규는 답장이 기분 나쁘지 않은 듯 웃으며 발걸음을 옮겼다.

 한편, 진우는 수사기록을 바라보며 무언가 풀리지 않은 실마리를 찾아내려 노력하고 있었다.
 "자금 흐름 추적 결과에 이상한 건 없습니다. 조사 결과 그대로 곗돈의 대부분이 남동철강의 인수와 경영 지원금으로 흘러들어 갔습니다."
 진우의 사무실에는 대검찰청에서 파견된 자금 흐름 추

적 전문 수사관 또한 자리하고 있었다.

그가 진우에게 자금 흐름 추적 보고서를 내밀었고, 진우는 보고서를 세세하게 읽어 내려가다 입을 열기 시작했다.

"자금 흐름 추적 결과를 봐도 정연숙이 왜 남동철강을 인수했는지 답이 나오지 않는군요."

진우의 최근 고민은 정연숙이 남동철강을 왜, 어째서 인수했는지에 대한 것이었다.

남동철강은 곧 있으면 부도가 예약된 회사였는데 부실기업을 인수하고, 거기에 이화회 곗돈을 경영 정상화 자금으로 넣은 이유가 딱히 나오지 않았기 때문이다.

"정연숙을 불러서 확인하는 방법밖에 없지 않겠습니까?"

수사관의 말에 진우는 고개를 끄덕였다.

"조사하기 전에 정연숙을 확실히 옭아맬 무언가가 필요하다고 느꼈는데, 그 방법밖에는 없나 봅니다."

똑똑똑-

노크 소리에 검사실 문을 바라보니, 김현태가 한 여성을 데리고 들어오고 있었다.

"검사님, 고소인 조사차 오셨습니다."

"아, 네. 여기 앞으로 모셔주세요."

수사관 김현태가 고소인을 안내해 자신의 자리 앞으로 앉히자, 진우는 수사기록을 펼치며 고소인을 바라보았다.

"김선옥 씨, 피해액이 5억 원이나 되시네요."

"말도 마세요. 내가 거기 3년이나 있었어요."

진우가 피해액을 묻자 고소인은 마치 한탄하듯 진우를 향해 말을 쏟아내기 시작했다.

"돈도 또박또박 제때 주고 돈 불려가는 재미가 있었죠. 그래서 이번에 믿고 5억을 넣었더니……."

"3년이나 계원으로 계셨으면 거의 초기 멤버나 다름이 없네요."

"맞아요. 연예인 한지영 알죠?"

"죄송합니다. 제가 연예인은 잘 몰라서."

"그래도 한지영은 알 텐데? 아침 드라마에 나오는 배우 몰라요?"

"네. 죄송합니다."

진우의 말에 김선옥은 아니라는 듯 손을 가로저으며 이야기를 이어나갔다.

"죄송할 거까지야 있겠어요? 내 남편도 검사 출신 변호사예요. 검사 바쁜 거 나도 잘 알지."

김선옥의 말에 진우가 미소를 짓자, 김선옥은 입을 손으로 살살 때리며 진우를 바라보았다.

"아이고, 이런 얘기를 해야 할 타이밍이 아닌데. 어쨌든 한지영이란 여자가 강남에서 좀 유명해요. 우리들 상대로 화장품도 팔고, 명품 판매하는 언니들도 연결해 주고."

"그럼 이화회를 처음 알게 된 것도……."

"네. 한지영이 추천해서 들어갔죠. 어디 대기업 회장 사모님도 계원이다, 대학 총장 사모님도 계원이다. 그런 얘기 들으니 가만히 있을 수 있겠어요? 신분도 확실하겠다 싶어서…… 가입했지."

수사팀도 여기까지는 알고 있는 상황이었다.

하지만 진우는 좀 더 공감하며 김선옥의 얘기를 듣기 시작했다.

"앞에서도 얘기했지만, 곗돈 탈 날 되면 사고 없이 돈도 또박또박 주길래, 남편이 모아둔 돈을 다 넣어보자 해서 넣었죠. 그런데 올해 초였나? 갑자기 회원들을 더 받겠다는 거야."

"올해 초요?"

"네. 뭐, 어차피 다른 회원들이 어떤 사람인지 모르니까…… 그냥 더 받나보다 했더니, 이번에 뉴스 보니까 그 사람들이 넣은 돈으로 사모님들 곗돈을 돌려줬다면서요?"

"말씀드릴 순 없지만, 그렇게 파악하고 있습니다."

"어휴, 나 같은 사람은 중간에 딱 껴서 돈도 못 받고, 피해자 모임 가니까 고소를 하지 말자고 하는 거예요."

"누가 말입니까?"

"누구긴요, 사모님들이랑 비대위원장 그 여자지."

"그런데 김선옥 씨께서는 고소를 결정하셨네요."

"말했잖아요. 나같이 완전 부자도 아닌 사람은 어중간하게 껴서 돈도 못 돌려받는다고. 얼마 전에 들어보니 고소한 사람은 다 돌려받았다더라고요. 못 돌려받으면 나 남편한테 죽어요."

 김선옥은 어찌 보면 고소를 하지 말자는 쪽에 있었던 사람인데, 변심하고 정연숙을 고소했다.

 진우는 혹시 김선옥이라면 정보를 좀 알지 않을까 싶은 생각이 들어, 김선옥을 바라보며 입을 열기 시작했다.

 "정연숙이 곗돈을 어떻게 사용한지 아시죠?"

 진우의 물음에 김선옥은 두 눈을 동그랗게 뜨고 진우를 바라보았는데, 김선옥은 잘 모르겠다는 눈치였다.

 "그 돈을 어디에다 썼는지 알면 내가 이러고 있겠어요? 소문은 돌긴 하는데 워낙 입 가벼운 사람들 사이에서 도는 소문이라."

 "소문이요?"

 "네. 뭐, 무슨 철강회사를 샀다던가?"

 "남동철강이요."

 "그 소문이 사실이에요?"

 진우가 남동철강의 이름을 꺼내자, 김선옥은 두 눈을 크게 뜨고 진우에게 말을 꺼내기 시작했다.

 "검사님께서 남동철강 얘기를 하셨잖아요. 그럼 철강회사를 인수했다는 게 사실이에요?"

 "아직은 수사 중입니다만, 저희도 그렇게 파악하고 있습니다. 소문에 대해서 자세하게 말씀해 주실 수 있겠습니까?"

"비대위원장이요…… 그, 유 뭐시……."

"유선혜 씨요?"

"아, 그래요. 유선혜. 그 여자가 소개해 준 회사를 샀다는 소문이 사모님들 사이에서 돌더라고요."

진우는 고소인의 입에서 나온 정보에 두 눈을 치켜뜨고는 고소인을 바라보았다.

"그래요? 그럼 남동철강을 소개해 준 게 유선혜다?"

"네. 저는 그렇게 들었어요. 유선혜 그 여자가 변호사인 건 알죠?"

"네. 알고 있습니다."

"좀…… 그게 뭐라고 해야 하나? 브로커(Broker, 중개인)라고 해야 하나? 어쨌든 여기저기 기업을 팔아넘기고 중간에서 커미션을 받아왔었나 봐요."

진우는 처음 듣는 소리였다.

아니, 유선혜는 피해자 대책위원회의 회장이었다.

고소를 꺼리는 부분은 있었지만, 그것은 사회 고위층 사모님들의 의견을 받아들인 것이라고만 생각했었다.

전혀 연관 포인트를 생각하지 못하고 있었는데, 고소인의 말은 유선혜도 한통속이라는 말이나 다름없었다.

"그 유선혜가 정연숙한테 회사를 하나 소개해 줬나 봐요. 그리고 정연숙은 우리 돈으로 그 회사를 사들인 거지."

"사들일 이유가 있었을까요?"

"그 정연숙의 남편이 옛날에 철강회사를 하다가 쫄딱 망했나 봐요."

진우는 점점 고소인의 말에 집중하기 시작했다.

"포항에서 무슨 철강회사를 크게 했었다고 하는데, 욕심 아니겠어요? 돈이 있으니까 회사가 탐난 거지. 어쨌든 유선혜가 소개해 준 회사는 망해가던 회사였는데, 인수를 하고 유선혜는 전 사장으로부터 100억 원을 커미션으로 받았다는 소문이 있더라고요."

뭔가 진우의 머릿속에는 일의 진행이 그려지는 느낌이었다.

"그리고 회사가 적자가 나니 곗돈을 가지고 투자금 명목으로 계속 부어온 거지."

"어디서 이런 소문이 돕니까?"

"우리 쪽으로 붙은 의사 댁이 그러더라고요. 그 고위직 그룹에 있을 때 들었다나 봐. 유선혜 그 여자도 자꾸 고소를 반대하는 게…… 어쨌든 이상한 점이 한두 가지가 아니에요."

진우는 김선옥의 말에서 드디어 무언가를 캐치해 낸 것 같았다.

"네. 알겠습니다. 김선옥 씨, 오늘 시간 내주셔서 감사합니다. 김 계장님."

"검사님, 확실하게 좀 처리해 주세요. 돈도 돈인데 뭐가 뭔지 알아야지……."

"알겠습니다. 수사 진행이 끝나면 알려 드리겠습니다."

진우의 호출에 다가온 수사관 김현태는 고소인 김선옥을 사무실 밖으로 안내했다.

"정 수사관님."

진우는 자리에서 일어나 대검찰청에서 파견 나온 자금 흐름 추적 전문 수사관을 불렀다.

"네, 검사님."

"고소인 말씀 들으셨죠? 정연숙과 유선혜, 그리고 10년 전 폐업했다던 철강회사에 대해 중점적으로 조사해 봅시다. 시간 없습니다. 정연숙 조사 내일입니다."

"네. 알겠습니다."

"좋습니다. 그쪽을 중점적으로 파주세요."

진우는 드디어 사건 이면에 숨겨져 있던, 아니, 유선혜가 기를 쓰고 숨기려 했던 진실들을 밝혀 나가기 시작했다.

"남동철강을 매입하는 데 쓴 돈이 1,400억 원, 이후 회사 경영 정상화를 위해 투자한 돈이 400억 원 맞습니까?"

"네. 맞아요."

"그 자금은 전부 이화회의 곗돈에서 나온 자금이고요."
"네."
서울중앙지검 형사7부, 이화회 수사팀은 고소, 고발인 조사로 충분히 증거를 모은 후 계주 정연숙을 체포해 조사하고 있었다.
"철강회사를 인수한 이유가 있습니까?"
"없어요. 그저 곗돈을 불리기 위해 투자한 것뿐이에요."
주성민이 정연숙을 심문하는 것을 진술실 밖에서 지켜보던 진우는 서필규를 바라보며 입을 열었다.
"거짓말이네요. 정연숙이 왜 혼자 짊어지려 할까요?"
"정연숙 입에서 유선혜 얘기가 나와야 유선혜가 실체고, 정연숙은 바지사장인 거 같다는 네 추론이 확실해지는 거야. 알지?"
"네. 알고 있습니다."
"기다려 봐. 주 선배 저런 쪽에는 도사니까. 곧 이름이 나올 거야. 이런 건 너도 보고 배워."
서필규의 말에 진우는 미소로 답을 대신하고는 유리 벽 너머의 진술 조사에 집중하기 시작했다.
"정연숙 씨, 20년 전 남편분께서 포항에 철강회사를 운영하신 적 있죠?"
"……."
"남동철강의 등기이사 박경수가 정연숙 씨의 남편 아닙

니까?"

"맞아요. 하지만 남편은 그저 회사 운영이 잘 돌아가는지……."

"남동철강의 사장 진술은 전혀 다르던데요. 자신은 그저 이름만 빌려준 사장. 즉, 바지사장일 뿐 실질적으로 회사 운영은 정연숙 씨의 남편 박경수가 다 한다!"

주성민의 말에 정연숙은 입을 꾹 다물고 두 눈을 질끈 감았다.

"혼자 모든 죄를 짊어질 필요는 없습니다. 오늘까지 고소인들의 모든 피해액을 합하면 9억이 넘습니다. 이미 정연숙 씨는 특가법상 사기 피의자라 3년 이상의 유기징역 형을 받으실 수 있습니다. 만약 이화회의 자금 2,400억 원을 모두 혼자 짊어지신다면 5년 이상 형은 물론이고 벌금까지 혼자 짊어지셔야 할 텐데, 가능하시겠습니까?"

주성민은 정연숙에게 공감한다는 듯한 말투로 조곤조곤 얘기해 나갔다.

정연숙은 연신 한숨을 내쉬며, 이러지도 저러지도 못하고 있었는데, 주성민은 보채기보다는 그녀에게 시간을 주고 싶어 했다.

"저희도 정연숙 씨를, 그리고 피해자들을 돕고 싶은 마음뿐입니다. 이 일의 실상은 어느 정도 알고 있지만, 정연숙 씨가 협조를 해주셔야 정연숙 씨의 죄도 줄어들고, 이 모든 걸 꾸민 범인을 잡을 수 있습니다."

주성민이 그렇게 말하자, 정연숙은 더 이상 숨길 수 없다고 생각하며 작게 한숨을 내쉬고는 입을 열기 시작했다.

"8년 전, 유 변호사를 처음 만났어요."

한참 입을 꾹 다물고 생각을 정리하던 정연숙의 입이 열리기 시작하자 주성민은 가만히 그녀의 얘기를 듣기 시작했다.

"남편이 운영하던 회사의 매각을 도와주겠다고 찾아왔었어요. 그때 한참 힘들었거든요. 부도내고 파산하면 한 푼도 못 챙긴다고, 지금이라도 돈을 챙기자고 말하더라고요."

"유선혜가 말입니까?"

"네. 유 변호사님의 도움으로 회사를 매각하고 그분께 10%의 수수료를 드렸어요."

정연숙은 유선혜와의 첫 만남에 관해 얘기하기 시작했다.

"그리고 외국에 가서 한 3년 살다 오라더라고요. 그 길로 저와 남편은 동남아로 가서 3년 살다가 들어왔습니다."

"그리고 다시 유선혜를 만났군요?"

"네. 5년 전쯤⋯⋯ 강남의 한 골프 클럽에서 다시 만났어요. 제가 반갑다는 듯 알은체를 하자 유선혜는 처음엔 저를 기억 못 하더라고요."

주성민은 고개를 주억거리며 정연숙의 얘기를 들었다.

"아, 나를 기억 못 하나 보다 하고 인사만 하고 헤어졌는데, 며칠 후 유선혜에게서 연락이 왔어요. 만나자고요."

"그리고?"

"만났더니, 다짜고짜 남편 철강회사 다시 해야 하지 않겠냐고 하더라고요."

"기억을 했나 보군요?"

"네. 그때 기억을 하지 못해 미안하다며…… 사업 아이템이 있는데 그걸로 돈을 벌어 회사를 하나 인수하자고 하더라고요."

"그 사업 아이템이 이화회입니까?"

주성민의 질문에 정연숙은 두 눈을 감고 한숨을 내쉰 다음 고개를 끄덕였다.

"네. 이화회였어요. 연예인 한 명을 자신이 데려올 테니 그 연예인의 유명세를 이용해서 강남에 사는 사회 고위층 부인들을 상대로 계 모임을 하자고 하더라고요. 그게 시작이었어요. 그리고 모든 사무실의 직원들 조직도도 모두 유선혜가 짠 거예요. 저는 그저 바지사장이었다고요. 정말이에요."

한 번 열리기 시작한 정연숙의 입에서는 모든 사건의 전말이 나오기 시작했다.

"한데 왜 죄를 모두 혼자 짊어지려 하셨습니까?"

"3년만…… 3년만 잠적하고 있으면 남동철강을 제게 준다고 했어요."

정연숙은 부끄러운 듯 고개를 처박고는 말을 이어나갔다.
"남편이 재기해야지 않겠느냐고…… 3년만 잠수 타고 잠잠해지면, 남동철강을 제 남편 명의로 돌려준다고 했어요."
"유선혜 변호사가 말입니까?"
"네. 검사님 죄송해요. 제가 미쳤었나 봐요."
고개를 숙이고 눈물을 흘리는 정연숙을 바라보며 주성민은 길게 한숨을 내쉬고는 조사실 밖으로 나왔다.
"현 검사, 정연숙의 입에서 네가 생각한 거랑 동일한 얘기가 나왔다. 이화회 실제 계주는 유선혜야."
"크게 판을 벌이고, 결국 회사를 팔아넘기는 방식으로 개인이 돈을 챙겼고요."
"그래. 오래전부터 준비한 거 같은데 바로 유선혜 잡아야 할 거 같다. 서 검사 너는 출국 금지부터 걸고, 진우는 압수수색 영장 바로 치고, 체포영장도 같이 발부받자."
"알겠습니다."
주성민의 명령에 진우와 서필규는 재빠르게 움직이기 시작했다.

[강남 귀족계 '이화회'의 계주 정 모 씨가 어제 자정 긴급체포 되었습니다. 서울중앙지검 형사7부 주성민 검사에

따르면 이화회를 운영해온 정 씨는……(중략)…… 한편 검찰은 정 씨에 대해 구속영장을 청구할 방침이라고 밝혀왔습니다.]

텔레비전에서 흘러나오는 뉴스가 마음에 들지 않는 듯 유선혜는 씩씩거리며 텔레비전의 전원을 꺼버렸다.

최근 며칠간 이화회의 이름이 언론에 오르내리면서 강남 귀족 계 모임이니 뭐니 자신들을 비난하는 목소리가 점점 커지고 있었기 때문이다.

"그러니까 몇 달간 지방에서 잠수 잘 타라니까!"

자신의 말을 듣지 않고, 꼬리를 잡혀 버린 정연숙이 못마땅한 듯 유선혜는 크게 소리를 질러댔다.

지이이이잉-

테이블 위에 올려둔 휴대전화가 울리자 유선혜는 짜증스러운 표정으로 휴대전화를 뒤집어 버리고는 손톱을 물어뜯으며 생각에 잠겼다.

요 며칠 언론의 보도를 보고 곗돈은 안전하냐는 사모님들의 전화가 빗발쳤기 때문이다.

그리고 구속까지 된 정연숙이 자신의 이름까지 불어버린 건 아닐지 걱정되었다.

"이럴 때가 아니야."

생각을 정리한 유선혜는 자신의 인맥 전부가 담겨 있는

수첩을 꺼내 들고는 마땅한 인물을 찾기 시작했다.

얼마 후, 자신에게 도움 될 인물을 찾은 유선혜는 전화기를 들어 올리고는 전화번호를 누르기 시작했다.

"예~ 차장검사님 잘 지내시죠? 호호, 저야 잘 지내죠. 다른 게 아니라 차장검사님 사모님께서 이번에 시끄러운 그 계 모임 아시죠? 네네. 이화회요. 거기에 돈을 좀 투자하셨는데……."

유선혜는 이런 상황을 대비해 평소에도 꼼꼼하게 인맥들을 챙겨왔다.

점점 좁혀져 오는 검찰의 수사망을 피할 수 있도록 도움 줄 수 있는 유일한 인물이었다.

"일단 그 돈을 돌려받으려면 계주가 밖에 있어야 하지 않겠어요? 네네. 서울중앙지검 형사7부 주성민이라고 하네요. 구속 전이고요. 구속영장을 친다고는 하는데…… 아! 차장검사님 감사합니다. 네네~ 기다릴게요."

차장검사와 전화를 마친 유선혜의 얼굴에는 연신 미소가 떠날 줄을 몰랐다.

"어우! 드디어 마음 놓을 수 있겠네."

차장검사가 사건에 대해 알아보고 전화를 해준다고 했으니 자신은 기다리면 될 일이었다.

이럴 때는 돈이 참 좋았다.

차장검사도 평소 같았으면 거절했을진대 자신의 돈이

걸려 있다는 얘기를 듣자 바로 움직여 주지 않는가.

그렇게 생각을 한 유선혜는 콧노래를 흥얼거리며 커피를 음미하기 시작했다.

지이이잉-

한 시간 정도 지났을까, 유선혜는 자신의 휴대전화가 진동을 토해내자 전화를 들어 올렸다.

"네! 차장님, 어떻게 됐나요?"

-유 변호사, 이 일 나는 모르는 일입니다.

"모르는 일이라니요? 차장님 그게 무슨……."

-이 사건에 대해서 나는 유선혜 씨한테 부탁받은 적도 없고! 그리고 정연숙 그 여자 못 꺼내준다고!

"차장님 갑자기 왜…… 차장님? 여보세요? 차장님!"

차장검사는 자신의 할 말만 하고 전화를 끊어버렸는데, 유선혜는 화가 치밀어 올랐다.

"아아아아악!"

크게 소리를 내지르고는 거친 숨을 몰아쉬던 유선혜는 차장검사에게 다시 전화를 걸었다.

-지금은 통화가 연결되지 않습니다. 다음에 다시…….

"얼씨구? 전화를 안 받는단 말이지? 그래, 어디 한번 해보자고. 당신네 돈은 안 돌려줄 거니까."

똑똑똑-

"누구야!"

유선혜는 자신의 변호사 사무실 직원이 눈치 없이 노크를 했다고 생각해 크게 소리를 질렀는데, 문이 열리고 낯선 사람들이 우르르 쏟아져 들어왔다.

"너희 뭐야!"

쏟아져 들어온 사람들을 향해 유선혜는 짜증스럽다는 듯한 말투로 되물었고, 무리의 중앙에 있는 한 남자가 품속에서 종이 한 장을 꺼내 유선혜에게 펼쳐 보였다.

"서울중앙지검 검사 현진우입니다. 2010년 6월 28일자로 발부된 압수수색 영장 집행하겠습니다. 압수수색에서 정한 범위는 유선혜 변호사의 사무실, 휴대전화, 자택입니다. 김 계장님 시작하시죠."

진우의 말에 검찰 수사관들은 사무실을 뒤지기 시작했다.

"뭐 하는 짓이야!"

유선혜는 소리를 지르며 진우에게 다가가 압수수색 영장을 가로채 읽어 내려갔다.

"이화회 사건의 피의자 정연숙 씨가 유선혜 변호사님과의 모든 관계를 자백했습니다."

진우는 그런 유선혜를 보며 웃으며 말했다.

유선혜는 부들부들 떨며 압수수색 영장을 진우의 얼굴로 던졌다.

"아, 한 가지 더."

진우는 품속에서 서류 한 장을 더 꺼내 유선혜에게 펼쳐 보이며 손목에 걸쳐져 있는 시계를 확인했다.

"2010년 6월 28일 오전 11시 48분, 특경법 사기 위반 혐의로 유선혜 씨를 체포합니다. 법원에서 발부된 체포영장이고요. 유선혜는 변호사를 선임할 수 있으며 불리한 진술을 거부할 수 있습니다."

진우는 허탈한 표정으로 자신을 바라보는 유선혜의 팔을 들어 올려 수갑을 채우기 시작했다.

"너! 내가 누군지 알아!"

진우가 수갑을 채우기 시작하자 유선혜는 큰소리로 그렇게 말했고, 진우는 피식 웃음을 터뜨렸다.

"그럼요. 잘 알죠. 사기 피의자 유선혜 씨 아닙니까? 김 계장님, 피의자 데려가세요."

진우의 말에 김현태와 다른 수사관 한 명이 유선혜를 끌어내기 시작했다.

"이거 놔! 어딜 만져! 놔!"

유선혜는 악다구니를 쓰며 끌려 나갔고, 진우는 그 모습을 바라보며 한숨을 내쉬었다.

서울중앙지검 형사7부의 수석검사 주성민은 텅 빈 사무실에서 창밖을 바라보며 최근 일어난 일련의 사건들을 떠

올리고 있었다.

자신의 이름 앞에 검사라는 타이틀을 단 지 12년이라는 세월이 지났다.

'주성민, 너는 일은 잘하는데…….'
'다 좋은데 사회성이 좀 아쉽다. 아쉬워.'
'선배들 모시는 거엔 관심 없다, 그거냐?'

지난 세월, 숱하게 들어왔던 말들이 주마등처럼 스쳤다.

어떻게 손을 대야 할지 엄두가 나지 않아 포기했던, 평가를 단 한 달 만에 손바닥 뒤집듯이 뒤집어 놓은 건 막내 검사의 조언이었다.

그동안 자신의 앞에서 알랑거리던 후배도 있었고, 자신과 성격이 비슷한 사회성이 없는 후배들도 있었다.

하지만 최근 들어온 초임검사는 검사 생활 12년 만에 처음 보는 별종 같은 놈이었다.

그저 싹싹하고, 일 잘하는 검사의 스테레오 타입이라고 생각했건만, 자신이 12년 동안 해오지 못한 모든 것을 단 한 달 만에 바꿔놓았다.

한 번 바뀌기 시작한 평가는 스펀지가 물을 빨아들이듯 삽시간에 바뀌기 시작했다.

자신을 늘 고까워했던 부장검사 김용환의 변화, 검사 생활 평생에 없을 것만 같았던 지검장과의 식사.

이 모든 게 초임검사가 짠 판 위에서 자신이 꼭두각시처럼 행동해서 나온 결과였다.

마음 한편 깊숙한 곳에 처박아뒀던 출세욕에 불을 댕긴 초임검사는 자신을 향해 망설임 없이 선택을 강요했다.

'이제 선배님이 선택하실 차례입니다.'

그리고 마치 귀신에게 홀리기라도 한 듯 선택을 강요받은 이후부터 잠을 잘 수가 없었다.

선택에 대한 고민 때문이 아니었다. 선택은 아주 쉬웠다. 그저 마음 깊숙한 곳에 있는 출세욕을 다시 꺼내오면 될 일이었다.

그저 자신을 향해 선택을 강요하던 초임검사의 확신에 찬 두 눈이 마치 내 손을 잡으면 네가 원하는 출세를 할 수 있다고 말해오는 것 같아 설렜기 때문이다.

주성민은 자신을 향해 이제 네가 선택하라던 그날을 떠올려 보면 자존심이 상할 만도 한데 이상하게 기분이 나쁘지 않았다.

"선배님, 저희 왔습니다!"

한참 생각에 젖어 있을 때 사무실로 반가운 얼굴들이 찾아왔다.

"선배님, 지검장님이랑 식사는 어떻게 되셨습니까? 지검장님이 뭐라고 하셨어요? 승진 얘기는 나왔습니까?"

자신을 향해 숨 쉴 틈 없이 물어오는 서필규의 질문 세례에 주성민은 피식 웃음을 터뜨렸다.

"하나씩 물어봐라, 숨도 좀 쉬고."

주성민은 소파로 다가가 앉으며 입을 열기 시작했다.

"식사는 아주 맛있게 먹었다. 너희들도 같이 갔어야 했는데, 미안하다."

소파에 앉아 마치 기대감에 가득 찬 눈빛으로 자신을 바라보는 두 사람을 향해 이야기하자, 서필규는 고개를 가로저었다.

"아유, 저희야 선배님께서 그렇게 말씀해 주시는 것만으로도 감사하죠. 안 그러냐? 진우야."

"네. 맞습니다."

주성민은 서필규와 진우의 말에 미소를 지으며 이야기를 이어나갔다.

"지검장님께서 아주 수고했다고 하셨어. 요 며칠 언론에 검찰 얘기가 오르내리면서 이미지가 많이 바뀌었다고."

"그럼요. 저도 최근 포털사이트 뉴스 댓글 보는 재미로 삽니다. 고영주 사건 담당 검사였다는 점까지 곁들여지니까 선배님을 칭찬하는 댓글들이 많더라고요."

이화회 사건의 주범 유선혜와 공범 정연숙을 구속하고,

사건의 전말들이 모두 밝혀지자 이 사건의 수사 담당자인 주성민의 미담 기사가 쏟아져 나온 상황이었다.

"그래, 총장님께서도 최근 우리 부서의 활약 덕분에 뉴스 볼 맛 나신다고 하셨다더라. 우리 부장님은 입이 귀에 걸렸고 말이야."

"승진은요? 곧 인사잖아요."

서필규의 물음에 주성민은 피식 웃음을 지으며 두 사람을 바라보았다.

"아마 수원지검으로 갈 거 같다. 곧 자리가 하나 나는데 그 자리에 가는 게 어떠냐고 하시더라고."

"수원이요? 그럼 부부장……?"

"아니, 아마도 평검사."

"하……."

수원지검은 나름 수도권 지검 중 큰 지검이었다. 지방으로 밀려나지 않는 것만으로도 다행이라고 진우는 생각했지만, 서필규는 실망한 듯 한숨을 내쉬었다.

"13년 차에 중앙지검에서 수원지검 형사부로 내려가는 거면 부부장검사 달아줄 만하잖아요. 진짜 보상을 주려면 확실하게 줘야지……."

투덜거리는 서필규를 바라보며 주성민은 얼굴에 웃음을 지었다.

"누가 형사부래?"

"네?"

"누가 형사부라고 했냐고. 수원지검 특수부에 곧 자리가 난다고, 적극적으로 추천해 주시기로 했다."

주성민의 말에 진우와 서필규는 두 눈을 크게 뜨고 주성민을 바라보았다.

"선배, 지금 특수부라고 하셨어요? 수원지검 특수부?"

"그래. 우리 지검장님이 수원지검 특수부 부장 출신이시잖아. 직속 후배가 지금 부장검사라고 적극적으로 추천해 주신단다. 틀어지는 일은 없을 거 같네."

주성민의 입에서 확인 사살을 하는 발언이 나오자 진우와 서필규는 동시에 자리에서 벌떡 일어났다.

"와악!"

서필규는 알 수 없는 괴성을 지르며 진우를 끌어안았고, 진우 또한 웃으며 서필규를 끌어안았다.

"앉아, 이놈들아. 어째서 나보다 너희들이 더 좋아해?"

"당연히 좋죠! 선배가 얼마나 고생하셨는지는 지난 1년 동안 쭉 지켜봐온 제가 잘 알죠! 누가 잘 알겠습니까?"

"하하하, 그래…… 우리 필규가 누구보다 더 잘 알겠지."

주성민은 서필규를 바라보며 미소를 짓다가 진우를 바라보았다.

"현진우."

"네, 선배님."

"이제 내가 어떻게 하면 좋겠어? 특수부로 간다고 해서 끝은 아니잖아?"

마치 이 자리까지 올려놨으니 네가 책임지라는 듯 말해 오는 주성민을 바라보며 진우는 고개를 끄덕였다.

주성민의 말마따나 특수부에 간다고 해서 끝나는 것은 아니었기 때문이다.

"평소와 똑같이 하시면 됩니다."

"뭐라고?"

"평소와 같이 지나칠 수 없는 사건이 있으면 수사도 하고, 수사에 관해서는 그 누구에게 양보하지 않는 모습 그대로 하시면 될 것 같습니다."

진우의 말에 주성민과 서필규는 의문스럽다는 표정으로 진우를 바라보았다.

겨우 특수부까지 올라갔는데 그동안의 모습을 유지하라는 것은 지금까지의 선택과는 다른 답안지였다.

진우는 자신을 바라보는 두 사람의 눈빛을 받으며 어떻게 얘기를 풀어야 할지 고민하다 조심스레 입을 열기 시작했다.

"초임검사인 제가 이런 말씀을 드리는 거 자체가 이상하다고 생각하실 수 있습니다."

"내가 말했지 않나? 이제 네 능력을 숨길 필요 없다고. 네가 뭐 하던 놈이든 어떤 생각을 하고 있든 그런 거 신경 쓰지 않는다. 네가 한 말이 타당하다면 받아들일 뿐이다."

주성민의 말에 진우는 고개를 끄덕이고는 이야기를 이어나가기 시작했다.

"제가 아는 선에서 특수부는 형사부와는 달리 소속 검사 개개인의 수사 방식을 인정해 주는 것으로 알고 있습니다."

"그렇지. 특수부까지 올라온 검사라면 능력은 볼 것도 없다고 생각하니까."

"네. 좀 튀는 행동을 하는 사람이더라도 능력이 있으니 수사 결과만 좋다면 어떤 행동이든 눈을 감아주는 곳이라고 생각됩니다."

진우가 이전 삶에서 겪었든 특수부는 그랬다.

일종의 엘리트 의식이었는데, 능력이 좋은 건 서로가 알고 있으니 서로의 영역은 침범하지 말자는 주의가 강했다.

"다만."

"다만?"

"위에서 수사지휘가 내려왔을 때, 이건 계속하면 안 된다는 직감이 들 때는 멈추십시오."

주성민은 진우의 말을 들으며 헷갈리는 듯 되물었다.

"평소엔 하고 싶은 수사를 하다가, 결정적일 때 말을 들으라는 건가?"

"네. 이건 어찌 보면 감의 영역이라 제가 딱히 말씀드릴 순 없습니다. 하지만 거기서 멈추신다면 수사를 잘하는 것보다 더 많은 것을 얻게 될 겁니다."

"더 많은 것을 얻는다니?"

"사람이란 게 참 신기하게도, 10번을 나쁜 놈처럼 굴더라도 결정적일 때 단 한 번! 착하게 굴면 착한 사람이 됩니다."

"마치 요즈음의 내 평가처럼 말이지……."

주성민은 미간을 찌푸리고 고민하기 시작했다.

마치 위에서 내리찍으면 수사를 덮어야 한다는 말로 들려왔기 때문이다.

"언젠가 서 검사님께서 제게 이런 말씀을 해주신 적 있습니다."

진우는 고민하는 주성민을 바라보며 이야기를 해나가기 시작했다.

"아니꼬워도 참고, 저기 길 건너 대검찰청 8층에서 조직 내부의 모두를 내려다볼 수 있을 때, 그때까지 더러워도 참고 버티라고 말입니다."

"힘을 가질 때까지 참으란 말이군."

"네. 힘이라는 칼이 손에 쥐어진다면, 모든 것을 바꿀 수 있습니다. 악착같이 버텨서 그때만 생각하셔야 합니다."

진우의 말에 두 눈을 감고 생각을 정리하던 주성민은 긴 한숨을 내쉬고는 진우를 바라보았다.

"잘할 수 있을진 모르겠지만, 한번 해봐야겠지."

주성민의 결정에 진우와 서필규는 미소를 지으며 주성

민을 바라보았다.

"현진우."

"네, 선배님."

"고맙다."

주성민의 입에서 진심이 담긴 말이 나오자 진우는 웃으며 고개를 숙였다.

"다들 나보고 '저러다 옷 벗겠지'라고 말하며 포기했을 때 너와 서 검사는 마지막까지 나에게 기대를 걸었지. 내가 어떻게 보답을 해야 할까?"

"거, 뭐…… 저랑 진우도 1년 후에 순환 근무 가야 하는데 데리고 가시든지요."

서필규는 머쓱한 듯 코를 매만지며 말을 했고, 그 모습을 바라본 진우와 주성민은 크게 웃음을 지었다.

"하하하, 그건 당연하지. 다만, 약속은 못 하겠다. 현 검사의 충고대로 버티다가 너희들을 데려올 수 있는 위치까지 올라가면 당연히 너희들을 챙겨야지. 이제 너희는 내 새끼나 다름없으니까 말이야."

주성민은 진우와 서필규를 바라보며 고개를 끄덕였다.

"다시 한번 너희 둘한테는 정말로 고맙다. 내 평생 잊지 않으마."

"말로만요?"

서필규의 물음에 주성민은 자리에서 일어나 재킷을 걸

쳐 입고는 입을 열었다.

"선배가 되어서 말로만 고맙다고 할 수 있나. 자, 가자! 오늘 내가 쏜다."

주성민이 그렇게 말하며 발걸음을 옮기자 서필규는 자리에서 일어나 주성민에게 들러붙었다.

"설마, 오늘도 대폿집은 아니겠지요?"

"오늘 같은 날은 거기가 딱이야."

"선배! 오늘 같은 날은 한우 꽃등심이지!"

두 사람이 실랑이하며 사무실을 벗어나는 모습을 바라보던 진우는 피식 웃으며 자리에서 일어났다.

"이제 겨우 한 발짝 내디뎠을 뿐이야. 정신 똑바로 차리자."

진우가 작게 혼잣말을 내뱉고 있을 때 문 앞에 선 서필규는 진우를 바라보며 크게 소리를 질렀다.

"현진우, 인마! 빨리 와. 어디서 막내가 제일 느려 터져 가지고. 이 선배 때는 상상도 못 할 일이다. 그 행동."

"겨우 4년 차면서 너 때가 어쩌고 어째?"

"아! 선배님! 진우 앞에서…… 꼽 좀 주지 마십쇼."

진우는 문 앞에서 자신을 기다리며 실랑이를 하는 두 사람을 보며 웃음을 참을 수가 없었다.

"네, 알겠습니다. 갑니다!"

서필규의 말에 진우는 크게 대답했다.

'오늘 하루 정도는…… 즐겨도 괜찮겠지.'
 진우는 생각을 마치고는 웃으며 자신을 기다리는 두 사람을 향해 발걸음을 옮겼다.

 2010년 7월.
 매년 7월 말은 서초동의 모든 법조 시스템이 멈추는 시기였다.
 아무래도 긴급한 재판을 제외한 법원의 모든 재판부가 하계 휴정에 들어가다 보니 그와 연관이 된 검사, 변호사 등 7월 말에서 8월 초에 휴가가 몰려 있었다.
 진우는 평소 자신을 괴롭히던 그 날의 악몽이 오랜만에 찾아오지 않은 아침을 맞이하고 있었다.
 그동안 여러 사건을 처리하며 한껏 긴장했던 몸과 마음을 여름 휴가를 맞아 모두 내려놓고는 단잠을 자고 있었다.
 지이이잉-
 침대맡 좁은 탁자 위에 올려둔 휴대전화가 세차게 울리자 진우는 손을 더듬어 통화 버튼을 누르고는 귓가에 가져다 대었다.
 "여보세요."
 -연수원 37기 현진우 검사님 전화 아닌가요?

쉬어 갈라진 목소리가 진우의 입에서 나오자 수화기 너머의 상대는 놀란 듯한 목소리로 물어왔다.

"예, 맞는데……."

-아! 검사님, 안녕하세요. 저희는 결혼 정보 회사 커플이라고 하는데요. 검사님께 좋은 결혼 상대가…….

"결혼했어요."

진우는 그렇게 말하고는 전화를 뚝 끊어버리곤 다시 잠에 빠졌다.

사법고시에 합격하고 연수원 시절부터 어떻게 알았는지 유명한 결혼 중개업자부터 오늘과 같은 결혼 정보 회사까지 전화로 괴롭혀 대곤 했다.

지이이잉-

얼마 지나지 않아 휴대전화는 다시 울리기 시작했는데, 진우는 오랜만의 휴식을 방해하는 전화를 던져 버리려다 다시 통화 버튼을 눌렀다.

"여보세요. 현진우입니다."

-현진우 검사님, 결혼 정보 회사 커플 매니저 이승희라고 합니다. 저희가 가지고 있는 정보에 의하면 미혼인 것으로 알고 있는데…….

"네, 어제 결혼했습니다. 전화 그만해 주세요."

진우는 다시 한번 전화를 끊고는 밀려오는 잠을 자기 시작했다.

-지이이잉
"아오!"

진우는 깊은 잠에 빠지려 하면 울려대는 전화에 짜증이 난 듯 통화 버튼을 눌렀다.

"저 어제 결혼했습니다. 그러니까……."

-무슨 소리야? 너 어제 결혼했냐?

진우는 들려오는 목소리에 휴대전화 화면에 찍힌 번호를 확인했는데 선배인 서필규의 전화였다.

"선배님, 죄송합니다. 아침부터 결혼 정보 회사에서 전화가 와서요."

-하하하, 미친놈. 아무리 그래도 결혼했다고 뻥카를 치는 놈이 어딨냐? 걔네는 그거 선수인데.

서필규는 진우의 고생에 공감한다는 듯 말해왔다.

-좋을 때다. 여기저기서 선 자리 한창 들어올 때인데, 결혼 상대 잘 골라. 이 선배처럼 낭만 찾아 연애결혼 하겠다고 버티지 말고. 우리 집에 빽이 없으면 남는 건 처가 인맥뿐이다.

진우는 아침부터 자신에게 해오는 서필규의 충고에 피식 웃음이 터졌다.

"네, 걱정해 주셔서 감사합니다. 한데 휴가 기간인데 어쩐 일이십니까? 일이 터졌나요?"

-아! 참, 내 정신 좀 봐라. 그런 얘기를 할 때가 아니었는

데. 너 오늘 약속 있냐?

"없습니다."

-잘됐네. 저번에 내가 골프웨어 사라는 거 샀어?

"예. 사놓기만 하고 아직 못 입어 봤습니다."

-그거 오늘 개시하자. 보자, 지금이 8시 40분이니까 적어도 30분 안에 출발해야겠네. 바로 씻고, 골프채랑 옷 챙겨 입고 11시까지 용인으로 와.

"용인이요?"

-그래, 오늘 부장검사님이 공 같이 치자고 하시네. 너도 데려오라고 하시니까, 얼른 준비해서 와. 너 차 없으니까 택시 타고 와라. 택시비는 내가 줄 테니까.

진우는 벽에 걸린 시계의 시간을 확인하고는 이불을 걷어차고 침대에서 일어나며 답했다.

"예, 알겠습니다. 30분 안에 출발하겠습니다."

-그래. 주소는 문자로 찍어둘게.

서필규가 그리 말하며 전화를 끊자, 진우는 바로 씻으러 향했다.

용인의 한 컨트리클럽으로 택시가 한 대 들어섰다.

"감사합니다. 거스름돈은 됐습니다."

"아이고, 감사합니다."

진우는 택시에서 내려 트렁크에 실어둔 골프채 가방을 꺼내 들고는 컨트리클럽 건물을 바라보았다.

"골프 치는 목적으로 온 건 처음인가?"

아무래도 골프와 먼 삶을 살아왔다 보니 감회가 새로웠다.

"현 프로! 빨리 와."

그때 진우는 컨트리클럽 건물 입구에서 자신을 보고 손짓을 하는 서필규를 발견했고, 빠른 걸음으로 그에게 다가가 인사를 건넸다.

"선배님, 안녕하십니까?"

"너 클럽 처음이지?"

"아뇨. 예전에 압수수색……."

"압수수색?"

"하는 걸 본 적이 있습니다."

"아니, 짜샤. 본 거 말고 온 적 처음이지?"

"네, 처음입니다."

진우는 말실수를 잘 수습하고는 서필규를 따라 클럽 안으로 들어갔다.

"곧 부장님 오실 거야. 너무 부담 느끼지 말고, 배운다는 기분으로 해. 우리는 골프선수가 아니잖아."

"네, 알겠습니다."

진우와 서필규는 이런저런 얘기를 나누며 클럽 로비에

서 부장검사 김용환을 기다리고 있었는데, 얼마 지나지 않아 부장검사 김용환이 클럽으로 들어서는 게 보였다.

"부장님, 어서 오십시오."

진우와 서필규는 자리에서 벌떡 일어나 김용환을 향해 고개를 숙였고, 김용환은 고개를 들라는 듯 손짓을 하며 입을 열었다.

"오야, 반갑다. 진우야."

"네, 부장님."

"내가 쉬는 날 방해한 거 아이제?"

"아닙니다."

"그래, 마 필규랑 둘이 칠라 하이까는 쪼매 심심해가 한 명 더 있는 게 낫지 않나 싶어서, 니 부르라 캤다. 자, 가자."

김용환이 앞장서자 진우와 서필규는 뒤를 따랐다.

"아따, 오늘 날씨 직이네."

김용환은 과장된 몸짓으로 스트레칭을 하며 두 사람을 바라보았다.

"둘 다 뭘 그렇게 뚱하니 서 있는데? 빨리 몸 풀어라. 땡볕 올라오기 전에 빨리 돌고 가자."

뭐든 성격이 급한 김용환은 진우와 서필규를 닦달해 왔고, 두 사람은 김용환의 말에 열심히 따르기만 할 뿐이었다.

"자, 내부터 치고, 서 프로 니는 핸디 한 개고, 진우는 핸디 세 개 줄게! 오늘 지는 사람이 마치고 시원한 냉면 사기로 하자. 여기 클럽하우스에 냉면이 기가 맥힌다."

진우는 마치 자신보고 사라는 소리로 들렸지만, 대충 알았다 대답하고는 본격적인 골프장 데뷔전을 시작했다.

김용환은 마치 골프선수처럼 스윙 연습을 하더니 호쾌한 샷을 날렸는데, 골프 초보 진우가 봐도 깔끔한 샷이었다.

"나이스 샷!"

진우와 서필규는 손뼉을 쳤고, 김용환은 뿌듯한 듯 두 사람을 바라보았다.

"자, 인자 진우 니가 치바라."

진우는 김용환이 자신을 지목하자 작게 한숨을 내쉬며 숨을 고르고는 티(Tee) 위에 골프공을 얹고 다시 한번 숨을 골랐다.

그러고는 머릿속으로 그려왔던 스윙 자세를 생각하며 과감하게 골프채를 휘둘렀다.

턱-

진우는 마음으로는 마치 골프 대회에서 우승한 챔피언처럼 스윙했지만, 결과는 공이 아닌 잔디 뭉치가 쏘아져 나갔다.

"하하하, 절마 저거 뒤땅 쳤네."

김용환과 서필규가 자신의 모습을 보고 크게 웃자, 진우는 머쓱한 듯 뒤통수를 긁적였다.

"부장님, 아무래도 이제 막 골프 입문한 애인데 필드는 무리였나 봅니다."

"그래, 그래. 진우야 내 옆에 와서 마 구경해라."

김용환의 말에 진우는 골프채를 가방에 넣고는 김용환의 옆에 섰다.

"진우야."

"네, 부장님."

"요새 우리 부서 바뀐 거, 니 때문이제?"

진우는 김용환을 바라보았는데, 김용환은 정면을 바라보며 웃고 있었다.

"아닙니다. 제가 뭐라고……."

"일마야, 내가 부장검사 타이틀 어데 야바위해가 따온 지 아나. 내도 다 듣는 귀가 있고, 보는 눈이 있어요."

김용환은 진우를 바라보며 이야기를 이어나갔다.

"주성민이 보면 참 안타까웠어. 분명 능력이 있는 놈이고 일도 잘하는데, 좀만 더 살가웠으면 더 잘 될 놈인데. 우째 그래 떠먹여 줘도 저래 못 받아먹는 놈이 있는가 싶었는데 말이다."

"……."

"그런 놈 옆에다가 필규같이 살가운 놈 붙여놓으면 바뀔까 싶어가 붙여놔도 안 바뀌던 놈이 초임 하나 들어왔다고 손바닥 뒤집듯 성격이 바뀌더라고."

진우는 가만히 김용환의 말을 듣고 있었다.

"처음엔 주성민이가 이제 철이 들었나 싶었는데, 중심에는 네가 물어온 사건들이 있더라고. 생각해 보니 니는 니가 캐낸 사건도 필규한테 양보하고 하던 놈인 기라. 아, 절마구나. 저놈아 때문에 주성민이도 바뀌었구나 싶더라고."

어느새 샷을 마치고 돌아온 서필규도 진우의 옆에 서서 김용환의 말을 듣고 있었다.

"마, 니가 곤란할까 봐. 우째 했는지 묻지는 않겠다만서도, 이 말은 꼭 해야 할 거 같아가 필규한테 니 부르라고 했다."

김용환은 진우의 어깨 위에 손을 올리고는 두들겨 주었다.

"고맙다. 주 검사가 아무리 못난 놈이라 캐도 내 새낀데, 참 아픈 손가락이었다 아이가. 능력은 저렇게 좋은 놈이 평생 형사부만 돌다가 옷 벗는다 생각하면 참 마음이 아프면서도 변하지 않는 주성민이가 밉고, 답답했다."

진우는 자신을 칭찬해 오는 김용환의 말에 고개를 숙였다. 이전 삶에서는 김용환이 이런 인물인지 몰랐다. 그저 학연, 지연을 따지는 보수적인 상사로만 기억하고 있었다.

"어쨌든 간에 요즘 우리 부서 돌아가는 거 보면 참 기분이 좋다. 주성민이는 특수부 검사가 될 끼고 말이다. 내도 1년 후에는 지검장 승진인데 남은 1년, 너거 둘이서 내를 좀 잘 도와도 알았나?"

"예, 알겠습니다."

"아이, 부장님도 참. 별걱정을 다 하십니다. 이 서필규가 있는데 무슨 걱정이십니까?"

"니가 제일 걱정이다. 자슥아."

김용환은 살가운 서필규의 행동에 너털웃음을 지었고, 서필규는 진우의 어깨 위에 손을 올리며 입을 열었다.

"부장님, 제가 여기 진우 키웠습니다."

"얼씨구."

"아니, 정말입니다. 부장님. 진우가요 제 수사 방법이랑 똑같이……."

"자슥아, 이미 만들어진 물건에 니 이름표 붙인다고 그게 니가 만든 기가."

김용환과 서필규 두 사람은 실랑이하며 걸어갔고, 진우는 뒤에서 그들을 따라 걸었다.

'주변 사람들에게 오히려 무심했던 건 내가 아닐까?'

진우는 이전 삶에서 오히려 자신의 욕심이 지나쳐 주변 사람들의 나쁜 점만 봐왔던 건 아닐까 반성하며, 김용환과 주성민, 그리고 서필규까지 모두의 속마음을 알게 된 것이요 며칠 겪은 사건에서 최대의 수확이라 생각했다.

2010년 9월.

최근 형사7부를 휩쓸었던 큼지막한 사건들이 정리되자 여느 때와 같이 평화롭다면 평화로운 일상이 진행되고 있었다.
　"예, 형사7부 부장검사 김용환입니다."
　부장검사 김용환은 한참 사건 결재 서류들을 정리하다 벨이 울리는 전화를 들어 귀에 가져다 댔다.
　"예, 지검장님."
　수화기 너머의 지검장 목소리가 들려오자 김용환은 하던 일을 멈추고는 통화에 집중하기 시작했다.
　"예, 잘 압니다. 예? 저희 부서에서요? 예예, 인사도 겹치고 해서 지원할라 카는 검사가 있을란가 모르겠네요. 예, 알겠습니다. 예예, 들어가십시오."
　김용환은 전화를 끊고, 지검장의 명령이 곤란스럽다는 듯 생각을 정리하며 턱을 매만지기 시작했다.

　"자, 우리 부서에 축하할 일이 있어가, 본격적으로 회의 들어가기 전에 그 얘기부터 합시다."
　형사7부 아침 정기 회의 시간, 김용환은 평소와 다르게 웃는 낯으로 소속 검사들을 바라보며 회의를 주재하기 시작했다.

"우리 부부장 윤철주 검사가 춘천지검 형사부 부장검사로 승진했다. 다들 축하해 주고, 윤 부부장 한마디 해야지?"

김용환이 그렇게 얘기하자 윤철주는 자리에서 일어나 고개를 숙였다.

"우리 후배 검사님들 덕분에 서울중앙지검에서 보낸 2년이란 세월을 참 편하게 보냈습니다. 모두 고맙고, 감사합니다."

윤철주의 소감에 소속 검사 모두가 손뼉을 치며 축하의 인사를 전했다.

윤철주의 차례가 끝나자 김용환은 무언가 감정이 복받쳐 오르는 듯 작게 한숨을 내쉬고는 온화한 표정으로 주성민을 바라보았다.

"우리 형사7부의 에이스, 주성민 수석이 수원지검 특수2부로 발령났다."

김용환의 입에서 주성민의 발령 사실이 나오자 서필규는 과장된 몸짓으로 환호성을 지르기 시작했고, 다들 뜨거운 박수를 주성민에게 보냈다.

"주 수석, 후배들한테 한마디 해야지?"

김용환의 말에 주성민은 웃으며 자리에서 일어나 김용환에게 고개를 숙였다.

"후배들보다 부장님, 그리고 부부장님께 먼저 한 말씀 올리겠습니다. 그동안 사회성이 부족하고 늘 고깝게 굴었던 저를 품어주셨던 거 저도 잘 알고 있습니다. 특히 부장님······ 말씀은 못 드렸지만, 저를 위해서 해주신 게 많다는 거 알고 있습니다."

한번 물면 놓지 않는 주성민의 성격 때문에 김용환은 윗선의 질타를 들으면서도 버텨야 했다.

가끔은 너무 화가 나, 그 화를 주성민에게 풀어놓은 적도 있지만, 주성민이 진행하는 수사를 방해한 적은 없었다.

밖에서는 비법대 출신인 주성민을 욕한 적 있어도, 다른 사람이 주성민을 욕해오면 상대방의 말에 대거리하던 게 김용환이었다.

'내 새끼는 욕해도 내가 욕해!'

그런 식으로 윽박지르던 김용환의 성격을 잘 아는 사람들은 그의 앞에서 형사7부 검사들에 대해 험담을 하지 않았다.

"자슥이, 평소 그런 마음으로 내를 대했으면 얼마나 좋았을까 싶다. 2년 내내 고생만 시키다가 갈 때쯤 되니까는 그런 말 하나?"

김용환이 웃으며 얘기해 오자 주성민은 다시 한번 고개 숙여 감사의 마음을 전했다.

"그리고, 우리 후배 검사 여러분께도 미안한 마음뿐입니다. 못난 선배 덕분에 어려운 순간들이 많았을 텐데, 버텨 줘서 고맙습니다."

주성민이 그렇게 말하며 평검사들을 향해 고개를 숙이자, 서필규는 다시 한번 환호성을 질렀다.

"자, 두 사람은 이번 주가 우리 부서에서 마지막 근무다. 다들 그동안 고생했고, 마감 못 한 것들은 최대한 마감 좀 서둘러 주고 알았나?"

"네, 알겠습니다."

윤철주와 주성민의 답에 김용환은 고개를 끄덕이며 다음 회의 주제를 말하기 시작했다.

"다음 주 중으로 특검 사무실 잡힌다고 연락 왔다."

최근 한 지방의 지검에서 향응 접대와 차량을 받은 검사장급 인물의 비리가 터져 나왔고, 정치권에서는 지방선거를 의식해 정쟁이 벌어졌었다.

지방선거가 끝이 나자 여야는 합의로 스폰서 검사 특검법을 통과시켰고 김용환은 지금 그 말을 해오고 있었다.

"평검사급 스무 명, 고검 부장급 세 명 정도가 특검팀에 차출이 될 낀데 말이다. 우리 부서에서도 한 명을 보내라고 지검장님 연락이 왔다."

김용환은 한숨을 내쉬며 모두를 바라보았다.

"지원할 사람 있나?"

김용환은 그렇게 말하며 소속 검사들에게 선택할 시간

을 주었다.

 회의실의 침묵이 유지된 지 5분이 지났음에도 그 어떤 검사도 지원하지 않았다.

 그도 그럴 것이 스폰서 검사 특검이라고 하는 것은 결국, 조직 내부의 식구를 저격하고 수사해 나가는 것이나 다름없었다.

"마, 너거들 심정도 내가 잘 안다. 같은 식구 수사팀에 들어가는 게 영 내키지 않겠지."

 김용환은 소속 검사들의 마음을 이해한다는 듯 고개를 끄덕이며 말을 이어나갔다.

"그래가 말인데. 내가 참 고민을 많이 하고, 또 지검장님이랑 이런저런 얘기를 많이 나눠봤다……."

 망설이며 말하던 김용환의 시선은 어느새 진우를 향해 있었다.

"현 프로."

 진우는 자신을 부르는 김용환의 목소리에 작게 한숨을 내쉬고는 김용환을 바라보았다.

"네, 부장님."

"니가 가는 게 어떻겠노?"

"제가 말입니까?"

"그래. 지검장님이랑 잘 얘기해서 수사팀이 아이고 공보팀으로 빼달라고 얘기해 놨다. 공보팀 가면 별로 할 일도 없을 끼고, 초임검사가 가서 경험 쌓고 오기 좋을 거 같아가 내가 니를 추천했다."

진우는 고민에 빠졌다.

아마 김용환은 진우를 배려해 주느라 노력을 했던 것 같았다.

수사팀이 아닌 언론을 상대로 하는 공보팀으로 간다면, 나름 나쁘지 않은 경험이었고.

초임검사로서 특검팀에 파견 나간다는 것은 큰 기회이나, 수사 대상이 검찰 내부의 사람이란 것이 마음에 걸려왔다.

"와? 니도 고민이가?"

"예. 아무래도…… 초임검사가 특검팀에 파견을 나간다는 건 큰 기회긴 하지만……."

"그래, 큰 기회지. 사건이 쪼매 좋지 않아가 마음에 걸린다는 건 내도 이해한다. 근데 나도 수사팀 같았으면 내 새끼들 안 보냈을 텐데. 진우, 마 니를 함 키웠으면 좋겠다 싶어가 경험이라도 하라고 공보팀에 자리 겨우 하나 따왔다."

김용환이 기회를 잡으라는 듯 말해오자 진우는 어쩔 수 없다는 듯 고개를 끄덕였다.

"부장님께서 그렇게 배려해 주셨으면, 제가 거절하는 것도 예의는 아닌 거 같습니다."

"그래, 함 갔다 와. 그리고 초임 가면 험한 일도 안 시키고 선배들도 나쁘게 생각 안 하니까, 가서 니 경력에 한 줄 추가한다고 생각하고. 알았나?"

"네, 알겠습니다."

"그래, 좋다. 회의 시작하자."

진우가 특검팀 파견 제안을 수락하자, 김용환은 기분이 좋은 듯 회의를 시작했다.

"괜찮겠냐?"

"뭐가 말씀입니까?"

점심 식사를 마치고, 주성민에게 인사도 할 겸 진우와 서필규는 주성민의 방으로 따라 들어갔다.

방에 들어서자 서필규는 걱정된다는 듯 진우를 향해 말을 꺼냈다.

"특검팀 파견 말이야. 거기 난다 긴다 하는 놈들 다 올 텐데. 우리 막내 무시하지 않을까, 이 선배는 몹시 걱정이다."

"아까 부장님도 말씀하셨듯, 공보팀으로 파견 나가는 건데 문제가 있겠습니까?"

"내가 좀 조사해 보니까 이번 특별검사가 판사 출신인 건 너도 알지? 어우, 좀 귀찮은 사람이야. 판사 옷 벗고 검찰 개혁 부르짖던 사람이더라고. 정치하려나."

아무래도 현직 검사장급 검사의 비리 사건이다 보니 국회에서는 특별검사로 판사 출신의 변호사를 대통령에게 추천했고, 대통령은 그를 임명한 상황이었다.

"네, 알고 있습니다."

"특검보들도 한 사람만 제외하면 판사 출신들이 맡을 거 같더라. 수사팀 특검보만 우리 고검 에이스가 갈 거 같고."

특별검사 밑에는 중간급 관리자인 특검보들이 임명되었는데, 아무래도 수사팀은 검사가 이끄는 게 맞았고 그 외에는 특별검사의 인맥이 동원되는 구조였다.

"공보팀으로 간다고 해도 판사 특검보 밑에서 일할 텐데, 엄청 꼽주는 거 아닌가 몰라."

"설마요."

"야, 내가 판사들 겪어봐서…… 물론 좋은 판사들도 있지만 말이야, 우리 조직 인간들보다 더한 엘리트 의식으로 똘똘 뭉쳐 있다니까? 거기다가 이번 특검 수사 대상이 검사인데 자기 팀에 있는 검사들한테 잘해주겠냐고."

서필규는 자판기 커피를 들이켜며, 계속해서 진우를 걱정하는 듯한 말을 쏟아냈다.

"그리고 말이야, 수사팀 특검보는 우리 식구인데 특별검사 말 듣겠냐? 그럼 결국, 검사 출신이랑 판사 출신들 딱 갈라져서 그 사이에서 우리 같은 평검사들만 고생하는 거지."

진우는 걱정하지 않았다. 이 특검이 어떻게 끝나는지 잘 알고 있었으니까.

"어쭈, 웃어? 진우야, 너 잘난 놈인 건 아는데. 이게 조직의 정치는 말이야, 이 선배가 한 수 위다."

"알고 있습니다. 이번에 인맥들 끌어서 정보를 모아주신 것만 봐도요."

"그래, 이번에도 이 선배가 우리 진우가 특검에 파견 나간다고 해서 정보를 좀 돌려봤는데, 그렇게 꽃길만은 아닌 거 같다."

"서 검사, 그만해라."

주성민은 서필규의 걱정이 지나치다고 생각하고는 서필규를 말렸다.

"현 검사 알아서 잘할 거라는 건 필규 너도 알고, 나도 아는 거 아닌가? 잘할 거야."

주성민이 그렇게 말하자 서필규는 어쩔 수 없다는 듯 고개를 끄덕였다.

"선배께서 저를 걱정해 주시는 거 알죠. 감사한 마음입니다. 하지만 생각하시는 일이 일어나지 않도록 제가 잘해야죠."

진우마저 걱정하지 말라는 듯 얘기하자 서필규는 걱정을 지우고는 입을 열었다.

"그건 그래. 너도 맹한 놈은 아니니까, 알아서 잘 버티겠지. 그래도 거기 가서 막 너 무시하고 이런 일 있으면, 바로 나한테 전화해라. 부장검사님한테 일러 가지고 엎어놓을라니까."

"하하하, 알겠습니다."

진우는 서필규를 향해 웃으며 대답하고는 주성민을 바라보았다.

"선배님, 좀 더 같이 있었으면 좋았을 텐데. 마지막 가시는 모습도 못 보고 특검팀으로 합류해야 할 것 같습니다."

"아서라. 진우 너도 초임검사가 특검팀 파견 가는 건 아주 좋은 기회라는 것만 마음속에 두고, 또 우리 부장이 꽤 신경 써줬으니 배운다는 생각만 해."

"네, 알겠습니다."

"그리고 요즘 수원 가깝다. 자주 찾아와서 너희들 밥 사먹일 거니까, 내 연락 씹지 말고."

주성민의 말에 두 사람은 웃으며 고개를 숙였다.

진우는 주성민과 그동안 정이 든 것인지 잠깐의 이별에도 섭섭해져 왔지만, 서로의 성공을 위해 감수해야 할 부분이라 생각했다.

"안녕하십니까? 서울중앙지검 형사7부에서 파견 나온 검사 현진우입니다."

2010년 9월 중순.

본격적으로 특검팀이 출범하고, 사무실이 정해지자 진우는 특검팀에 파견 나온 상황이었다.

김용환의 배려로 수사팀이 아닌 공보팀으로 파견 나왔는데, 100여 명이 넘는 특검팀의 규모를 생각하면 생각하던 것보다 공보팀은 꽤 단출한 모습이었다.

"몇 기냐?"

자신의 앞에 선 특검보는 으레 있는 통과 의식처럼 다짜고짜 연수원 기수를 진우에게 물어왔다.

"37기입니다."

"37기? 37기면······."

"올해 초임검사입니다."

진우의 말에 특검보는 기가 찬다는 듯 헛바람을 삼키며 진우를 바라보았다.

"이야, 검찰 막 나가네. 아무리 제 식구를 수사하는 특검팀이라고 쳐도 초임검사를 보내?"

이런 반응을 해올 거라는 것쯤은 이미 예상하였지만, 자신의 생각에서 한 치도 벗어나지 않는 반응에 진우는 속으로 한숨을 내쉬었다.

"뭐, 현 검사 네 죄는 아니니. 내가 너한테 이런 말 하는 것도 우습지. 어쨌든 반갑다. 이건일이다. 잘 부탁한다."

진우는 손을 내밀어오는 이건일의 손을 맞잡고는 고개

를 숙였다.

"네, 특검보님. 잘 부탁드리겠습니다."

진우가 인사를 끝내자 특검보 이건일은 공보팀 내부의 모두를 바라보며 입을 열었다.

"자, 특검 활동 기간은 모레부터 시작입니다만, 오늘부터 업무들 파악하시고 앞으로 차질 없도록 잘 부탁합니다. 우리가 해야 할 일은 특검법에 보장된 국민의 알 권리를 위한 언론 브리핑, 그리고 국민과의 소통입니다."

진우는 주변을 둘러보았는데 10명 남짓한 인원이 당분간 자신과 함께할 공보팀의 팀원이었다.

파견 검사는 자신이 유일해 보였다.

"할 일부터 배분하겠습니다."

이건일은 그렇게 말하며 자신이 데려온 팀원들에게 언론 브리핑 문서 작성, 언론 관리 등등 여러 일을 배분하고는 마지막으로 진우를 바라보며 입을 열었다.

"현 검사."

"네, 특검보님."

"우리 특검에서는 이번에 국민과 소통을 위해서 포털사이트에 카페를 하나 만들었다. 그거 네가 관리해. 이거 가이드라인이랑 관리자 아이디, 패스워드니까 받고."

진우는 노골적으로 자신을 공보팀에서 배제하겠다는 듯한 이건일의 말에 속으로 피식 웃으며 입을 열었다.

"네, 알겠습니다."

"다들 자신이 할 일 열심히 하고, 매일 오전 10시, 오후 3시 언론 브리핑을 열어야 하니 회의는 오전 8시 30분, 오후 1시 30분에 하도록 하겠습니다. 자, 다들 해산."

이건일이 해산을 명령하자 진우는 자신의 자리로 가 책상 위에 올려진 카페 관리 가이드라인 문서를 확인했다.

'뭐, 주어진 일만 잘하다 돌아가면 될 것 같네.'

진우는 차라리 노골적으로 자신을 배제해 오는 특검보 이건일의 행동이 고맙다는 듯 피식 웃으며 일을 시작했다.

특검팀에서 국민과의 소통을 위해 카페를 만든다는 언론의 보도가 나갔음에도, 별다른 관심이 없었는지 카페에는 소수의 인원만이 가입한 상황이었다.

진우는 컴퓨터를 붙잡고 올라온 글들을 확인했는데 대부분이 특검팀을 응원하는 글이거나, 의혹 검사장을 비난하는 글뿐이었다.

'어우, 이런 글들은 지워야 하나.'

노골적인 비난 글들을 보며 고민해 나가던 그때 새로운 글이 올라왔고, 진우는 게시글을 눌러 글을 확인했다.

글을 확인하던 진우의 표정은 시시각각 변해갔다.

'이거…… 뭐야…….'

게시글은 일종의 제보 글이나 다름없었는데, 진우가 알고 있는 이 사건의 결말과는 다른 유형의 제보였다.

진우는 재빠르게 게시글을 운영자인 자신만 볼 수 있는 게시판으로 옮겼고, 전화기를 챙겨 들고는 사무실 밖으로 걸음을 옮겼다.

To Be Continued